L'HOMME DU MIDI

ET *1886*

L'HOMME DU NORD.

GENÈVE, DE L'IMPRIMERIE DE J. J. PASCHOUD.

L'HOMME DU MIDI

ET

L'HOMME DU NORD,

OU

L'INFLUENCE DU CLIMAT;

Par Ch.-Victor DE BONSTETTEN.

GENÈVE,

CHEZ J. J. PASCHOUD, IMPRIMEUR-LIBRAIRE.

PARIS,

MÊME MAISON DE COMMERCE, RUE DE SEINE N.º 48.

1824.

PRÉFACE.

CET ouvrage est le fruit d'une vie très-variée, et de l'habitude contractée dès ma jeunesse, de généraliser les observations faites sur les objets qui se présentoient à mes regards. Ayant vécu dans le Midi et dans le Nord de l'Europe, et habité dans la Suisse même des climats très-différents, j'ai esquissé quelques idées sur l'influence des climats. Ces idées se sont peu à peu étendues, et, comme elles sont nées dans des temps éminemment historiques, et pour ainsi dire dans une époque de transition d'un état moral du globe à un autre, j'ai cru qu'elles ne seroient pas sans intérêt pour le public.

1

J'avois passé deux années de ma vie en Danemarck, et à différentes époques plus de trois en Italie, et surtout à Rome : c'étoient des années de bonheur, dont j'aimois à me souvenir. La Suisse même réunit à peu près tous les climats de l'Europe. J'ai été administrateur dans les trois zônes de ce beau pays. Je fus d'abord Préfet dans le centre des Alpes, chez un peuple de bergers bien peu connu dans le monde. Ce petit pays, appelé Gesnay, où ne croissent que des plantes alpines et subalpines, a le climat et un peu des mœurs de la Norwège. Dix ans après, devenu Baillif à Nyon (1), j'allai m'établir dans le magnifique site du lac Léman, dans la zône tempérée de la Suisse. Je voyois là de mon château, d'un côté du Jura, les terribles explosions de la révolution françoise, et de l'au-

_____

(1) En 1787 jusqu'en 1793.

tre la révolution naissante de la Suisse. Deux ans après je fus envoyé dans la Suisse italienne (1) si peu connue encore, et si digne de l'être. C'étoit presque la zône torride de l'Helvétie. Ce pays, devenu le Canton de Tessin, réunit les beautés sublimes des Alpes au doux climat de l'Italie. Rien de plus étrange que ces profondes vallées de Verzasca, Onsernone et Centovalli, qui sont des précipices fleuris, où des rivières invisibles mugissent dans le fond de gouffres qu'aucun rayon de soleil ne peut atteindre. Les mœurs des habitans de ces vallées sont aussi singulières que leurs montagnes.

Je fis de là quelques excursions à Milan, où je vis pour ainsi dire couler la grande lave de la révolution, dont j'avois aperçu les explosions de mon château de Nyon. Je vis les armées d'Italie, je vis de près l'homme

_____

(1) Dans les années 1795, 96 et 97.

étonnant qui alloit faire la destinée du monde.

Qui, depuis trente ans, n'a pas vu des événements pour ainsi dire gigantesques! mais qu'ils sont rares les hommes qui du plaisir d'observer se font leur plus chère étude!

L'art d'observer les hommes est bien différent de l'art d'observer les phénomènes matériels. En physique, en chimie, en astronomie, en mécanique, on est guidé par des principes; on n'a pour ainsi dire qu'à se laisser aller au torrent de la pensée. Mais l'étude de l'esprit humain, encore dénuée de principes, est une eau stagnante, qui s'échappe ça et là en petits filets, mais qui n'a point de lit, ni de direction constante, parce qu'elle manque de principes.

Peu d'hommes ont joui autant que moi du plaisir de s'observer soi-même. Je dois ce goût à mon ignorance, et à ma singulière éducation.

J'ai passé les années de mon adolescence à la campagne près d'Yverdon, petite ville charmante, dans une famille composée de trois sœurs et de deux frères, tous aimables, bons, tous me chérissant comme leur enfant; mais, ce qui me paroît étrange maintenant, je n'avois à peu près aucune leçon, j'étois l'heureux enfant de la nature livré à mon bonheur et à ma pensée personnelle. J'avois heureusement une vingtaine de bons livres que je relisois sans cesse, comme le Spectacle de la nature, Batteux, quelques poètes allemands, latins et françois, surtout les œuvres philosophiques de Cicéron. Né dans une ville où l'on ne savoit ni l'allemand, ni le françois, je ne savois aucune langue, ni même le latin qu'il me fallut apprendre tout seul, quoique ma première éducation eût été, comme c'étoit l'usage, employée à ses tristes et inutiles rudiments.

Le chef de la maison que j'habitois à Yverdon, étoit un homme d'esprit, qui avoit parcouru l'Europe avec un prince russe, dont il avoit été gouverneur. Il fit renvoyer un homme d'un esprit borné qu'on m'avoit donné comme précepteur. Il écrivit à mon père que je n'avois pas besoin de maître, puisque je savois travailler tout seul, et que j'employois bien mon temps. En effet, je n'étois pas un moment oisif; je faisois des extraits, je composois, je traduisois tout seul, et mon temps étoit partagé entre des pensées toutes à moi, et les innocents plaisirs de mon âge. Personne ne me demandoit ce que j'étudiois, ni ce que je faisois avec mes livres.

A dix-huit ans je fus placé à Genève chez le père du professeur Prévost, et même à Genève le peu de leçons qu'on me donnoit n'avoient pas d'attrait pour moi ; comme on me voyoit sans cesse occupé, et que ma conduite étoit irréprochable, on me laissoit faire.

Ce qui m'étonne maintenant, c'est que moi ignorant, moi enfant de la nature, je fus dès mon arrivée à Genève accueilli par les hommes distingués qui étoient en grand nombre dans cette ville. J'étois très-souvent invité chez Voltaire, chez lord Stanhope, chez la duchesse d'Anville. Le syndic Jalabert eut la bonté de me donner des leçons de physique ; j'étois lié avec Moultou, l'ami intime de Rousseau ; mes véritables maîtres étoient ces hommes distingués. Ma pensée étoit dans une activité perpétuelle ; mais je n'avois aucune connoissance solide, lorsqu'à un soupé je me trouvai à côté de Bonnet. Cet heureux hasard fit la destinée de ma vie intellectuelle. M. Bonnet me prit en amitié, m'invita à l'aller voir, s'informa de mes études, et s'empara de toute mon âme.

J'avois beaucoup lu, beaucoup pensé, mais je n'avois jamais suivi régulièrement la pensée d'autrui. Quand je lisois, par exemple, Burlamaqui, je commençois par le contenu des chapitres, et j'écrivois mes pensées avant de lire celle de l'auteur.

M. Bonnet me fit lire Locke, s'Gravesende, sa Contemplation de la nature, puis son Essai analytique sur les facultés de l'âme. Ce dernier ouvrage fut un foyer ardent, placé sur cette foule de pensées nées dans l'indépendance de ma jeunesse. J'étois sans cesse en lutte avec le livre de Bonnet; l'auteur, loin de m'en blâmer, encourageoit mes efforts. « Ce n'est
» pas aux livres, me disoit-il, que la
» pensée s'adresse, c'est à la nature;
» c'est là le livre qu'il faut lire et
» méditer : dans cette fleur, dans cet
» insecte, il y a des mystères qui,
» s'ils étoient révélés à l'homme, lui
» dévoileroient l'univers. Quelle plus

» grande merveille que notre pensée ;
» c'est là, mon ami, qu'il faut porter
» vos regards. Les livres de philoso-
» phie ne sont que de foibles copies
» du grand livre que nous portons
» tous au-dedans de nous, et qu'il
» faut apprendre à déchiffrer. »

Après une année ou deux de cette vie philosophique avec Bonnet, on me fit malgré moi quitter mon maître chéri, mes douces habitudes, mes amis, et un monde aussi éclairé que bienveillant. Dès lors, la force impérieuse des choses, la tyrannie des circonstances que je n'avois jamais éprouvée, vinrent tout-à-coup peser sur mon être.

Quelque bien placé que je fusse dans le monde, j'avois poussé à Genève de profondes racines, et je languis longtemps comme un arbrisseau arraché de son sol. Je fis des études à Leyde; mais ce n'étoit plus Bonnet ni son entourage; je fis des voyages;

je vis les hommes célèbres du siècle ; je fus lié avec quelques-uns; j'entrai dans les emplois. Cependant ma vie intérieure s'effaçoit peu à peu dans l'éclat de la vie réelle; l'habitude si douce de lire dans mon âme, et pour ainsi dire de vivre avec elle, alloit se perdre à jamais. Ce ne fut qu'environ trente ans après avoir quitté Bonnet, que je retrouvai peu à peu le fil de mes pensées dans les lieux mêmes où je l'avois quitté.

L'éducation trop factice que l'on donne aujourd'hui, en accablant l'esprit sous le poids des idées d'autrui, peut nuire à la vigueur native de la pensée. L'homme de génie domine la science, mais l'homme médiocre, en employant aux études la totalité de ses forces, n'en a plus à dépenser aux usages de la vie; il perd cette alacrité, cette gaîté qui, en donnant du prix à toute chose, nous fait chérir les hommes, non-seulement comme frères, mais comme objets d'étude, de pensée et de jouissance.

L'art d'observer les hommes ne peut exister sans quelques principes d'une psycologie qui n'est pas née encore ; cet art si précieux donne un prix nouveau à la vie. En nous apprenant à prendre de l'intérêt aux hommes, il fait qu'ils en prennent eux-mêmes à nous. On ne se dit pas assez que presque tous les maux que les hommes se font, pourroient être prévenus par les lumières ; que ces maux ne sont le plus souvent que ce que nous les faisons, et qu'aussitôt que nos pensées se seront portées sur nous-mêmes, l'art de vivre et la science du bonheur feront des progrès que notre ignorance actuelle a peine à concevoir.

Je viens de faire voir comment l'éducation que j'ai reçue a concentré ma pensée dans l'étude de moi-même. Il en est résulté que l'habitude de réfléchir me donne une vie intérieure, que tout ce que je vois anime et embellit. Dans cette disposition de l'âme tout devient un objet de pensée. Si le jeune botaniste tressaille de joie à la vue d'une fleur nouvelle, le botaniste moral n'en a pas moins à voir germer autour de lui des vérités d'un prix bien supérieur à celui d'une plante inconnue.

Que l'on ne croie pas que l'art d'observer se borne à l'étude du monde. La connoissance de la plus noble partie de nous-mêmes nous élève peu à peu vers ces régions lointaines, où la haute destinée de l'homme se révèle à qui a su pénétrer dans les secrets de son être.

Je me plais à faire voir les fruits de l'étude de soi-même. Bacon a dit que la puissance que l'homme exerce sur la nature, réside dans la connoissance qu'il a d'elle. J'ajouterai que la puissance qu'il exerce sur lui-même, et par lui sur sa destinée, il la trouvera dans les progrès qu'il aura su faire dans l'art de se connoître. C'est là le sens de l'antique oracle qui dit à l'homme : *connois-toi toi-même.*

On ne verra que trop que les pensées répandues dans cet ouvrage sont nées dans des époques de temps très-éloignées l'une de l'autre. Ce sont des fleurs cueillies sur un grand espace de la vie humaine, dont plusieurs, peut-être, sont fanées par le temps. J'en ai fait une espèce de résumé dans le dernier chapitre, intitulé : *Ce que nous avons été, et ce que nous sommes.*

L'HOMME DU MIDI

ET

L'HOMME DU NORD.

INTRODUCTION.

Les deux climats.

La question de l'influence des climats sur les hommes, m'a souvent paru mal saisie. Le climat n'est qu'une des causes qui influent sur les hommes; sa puissance, toujours en activité, ne se fait sentir qu'à la longue, par des résultats qui quelquefois paroissent lui devoir être étrangers. Elle cède momentanément à toutes les institutions bien combinées. Il y a un degré d'exaltation où les opinions religieuses la dominent; même des opinions purement philosophiques, comme celles des stoïciens, peuvent l'entraîner. D'ailleurs, qu'est-ce que le Midi ou le Nord, quand il est question de l'influence du climat? La hauteur polaire n'est qu'un élément du climat ; la hauteur verticale en est un autre. On retrouve dans les Alpes de la Suisse la Laponie et le Groënland ; et si dans le Nord on tiroit parti plus qu'on ne fait des lieux abrités, on y trouveroit quelquefois le climat de l'Italie. N'a-t-on pas vu la religion réformée paroître çà et là dans les montagnes du Midi , et dans le Nord le despotisme ?

Le tableau de l'histoire de l'homme est comme ces tentures où des fils diversement colorés paroissent et disparoissent en traversant la trame. Le climat n'est qu'un de ces fils, que nous voyons paroître et disparoître selon la volonté du grand ordonnateur.

En discutant sur des faits dont les causes sont très-composées, il n'arrive que trop souvent qu'on isole une cause qui cependant ne peut agir isolément. Les actions humaines n'étant jamais le résultat de la seule influence du climat, ce ne sera qu'après une grande connoissance de toutes les causes influentes , qu'on pourra faire sa part à chacune. En attendant ces lumières, il faut, au lieu de commencer par abstraire, prendre les phénomènes de l'homme dans l'ensemble dans lequel ils se présentent à l'observateur. Parcourons l'Europe, et voyons les sensations que le changement de climat fait éprouver.

Le premier effet de l'influence du climat sur les hommes se fait sentir par une manière d'être nouvelle et inattendue qu'éprouve tout voyageur qui a passé les Alpes pour aller au Midi. On se sent frappé par cette influence, et tout observateur de ses propres sensations se trouve un autre homme selon qu'il est en deçà ou en delà de ces grandes barrières.

Si c'est en Italie que vous arrivez, vous êtes saisi par la splendeur du ciel, par le luxe de la végétation, par ces vignes en guirlandes qui, d'un arbre à l'autre, se balancent entre les épis. Toutes les teintes du paysage sont changées, l'aspect des montagnes n'est plus le même; les profondes vallées du revers des Alpes ne sont plus; des roches nues, dentelées dans leurs sommets, semblent séparer le ciel de l'Italie de celui de la Suisse. On est frappé par les

sons d'une langue musicale et sonore, dont
les expressions exagérées sont accompa-
gnées d'une pantomime perpétuelle et d'un
mouvement dans les muscles du visage qui
étonne les habitants du Nord. Le ciel du
Midi est souvent d'un bleu foncé; la nuit, son
noir tapis étincelle d'innombrables étoiles,
tandis que, dans le Nord, le firmament est
toujours blanchâtre, et qu'en approchant
des pôles, il devient désert comme la terre.
Arrivé en Italie, le culte public, la majesté des temples, autrefois le costume des
religieux, les processions, la musique, les
statues, les tableaux, les chants sacrés, les
habits bigarrés, les gesticulations animées
des habitants, tout, en un mot, vient transformer en sensations les idées rêveuses du
Nord, et porter l'âme de la réflexion intérieure aux organes extérieurs des sens.

Je ne sais pourquoi on éprouve, en Italie,
un sentiment d'indépendance personnelle
qu'on n'a jamais aussi complètement dans
le Nord. Les regards des habitants ne vous y
gênent en rien, tandis qu'au Nord des Alpes,
on se sent toisé et mesuré d'après la petite
échelle de chaque petite ville. En Italie,

chacun a l'air si occupé de ses propres sensations, il y a si peu d'intolérance chez les
hommes, qu'on permet à chacun d'être lui-
même. Ajoutez que le développement des
sensations et celui de leurs organes donne
un sentiment d'indépendance qui plait toujours (1).

Avez-vous passé les Apennins pour aller
à Rome et à Naples, tous les traits du
Midi se renforcent. Vous entrez dans les
terrains volcaniques sans vous en douter;
là, toutes les formes des montagnes, surtout celles des rochers, sont changées. Au
lieu des pics tranchants qui caractérisent
les Alpes, vous voyez des sommets ar-
rondis; des cavernes et de mystérieux sou-
terrains, des catacombes habitées par la
mort, présentent à vos regards leur téné-
breuse entrée. Les contours du paysage sont
partout adoucis, et les limites du ciel et de
la terre semblent plus harmonieuses. Les
arbres toujours verts effacent les différences

---

(1) Il n'est pas nécessaire de dire que ceci a été
écrit bien avant l'année 1821. Quel tableau ne feroit-
on pas de l'Italie de l'an 1823?

des saisons, et la végétation semble encore plus variée que dans la Lombardie.

Les nuées présentent quelquefois, dans le ciel de Rome, des formes de montagnes et des vallées aëriennes dont les mouvements sont imposants, et qui, dans leurs combinaisons avec le soleil couchant, donnent l'idée de pays magiques, tout brillants d'or et de pourpre, flottant dans l'espace de l'air.

Dans les nuits d'été, les champs et les bois illuminés par les danses animées des mouches luisantes brillent d'une lumière sans cesse variée dans ses formes. Quelquefois ces mouches versées par millions sur les champs et les prairies semblent un ciel étoilé étendu sur la terre.

A Naples, et plus encore dans la Sicile, le magnifique tableau des volcans vient se placer dans ces paysages déjà si riches. La fumée de ces colosses forme des nuages artificiels, plus grands, plus poétiques, quelquefois plus terribles que les nuées des orages. Quand l'air est calme, cette vapeur amoncelée en une énorme pyramide noire, posée sur la pointe du volcan, semble me nacer la terre de sa chute. Dans une éruption du Vésuve, j'ai vu de nuit, de son sommet, tout le paysage, Naples, le golfe, la mer, les îles, illuminés instantanément par la grande gerbe élancée du cratère; sa flamme subite, d'un rouge foncé, étoit toujours précédée par le bruit d'un tonnerre souterrain. Un tapis de feu sembloit alors étendu sur la mer et sur la terre. A tant d'éclat, succédoient de profondes ténèbres, et la terre trembloit sous mes pas.

Ajoutez à tant de spectacles les vestiges de tous les âges, et pour ainsi dire les apparitions de tous les siècles, qui viennent se présenter à vous sous la forme des ruines les plus variées. Ce n'est pas sans frémissement que la main, en les approchant, touche, pour ainsi dire, le siècle de Néron, ou celui de Constantin.

En passant les Alpes du Midi au Nord, ce qui frappe en Suisse, c'est le repos des grandes masses de montagnes dont les sommets placés au-delà des nues semblent ne plus appartenir à la terre. Des vallées profondes, mystérieuses dans leurs replis divers, des cimes de montagnes perdues dans le ciel, présentent le tableau d'une solitude, où la vie s'éteint, où le mouvement semble arrêté, où l'eau même, changée en rochers, devient immobile. Les mers suspendues, qui composent les régions des glaciers, font voir la forme des vagues; mais ces vagues sont sans mouvement comme tout ce qui appartient à la mort. Les traits même des habitants des Alpes expriment le repos; leurs lois et leurs mœurs paroissent tendre à l'immobilité par l'horreur qu'ils ont pour toute innovation, et la vie morale et physique semble s'arrêter aux pieds de ces glaciers.

Ce qui charme en Allemagne, ce sont les hommes et le goût de l'instruction, c'est le respect pour les talents et la pensée, c'est la bonté, l'hospitalité de ses habitants. A Lunebourg, l'aspect de la terre commence à changer; c'est dans les landes de Lunebourg que, pour la première fois, j'ai vu de ces lacs jetés avec profusion sur la vaste surface du septentrion. Dans les plaines marécageuses ces eaux stagnantes redoublent la tristesse du paysage; le terrain sans mouvement rétrécit l'horizon; le sentiment d'une affreuse solitude s'empare de l'ame; il semble que la terre ne soit plus qu'un point obscur que des brouillards font bientôt disparoître (1).

Dans les îles danoises, il y a, autour des lacs, de vertes collines parsemées de hêtres majestueux, de saules et d'aulnes gigantesques, qui, avec de nombreux troupeaux et une culture variée, font de jolis paysages, mais où il n'y a jamais rien de mystérieux, rien de sublime comme dans les Alpes. Le ciel de ces climats, toujours un peu nébuleux, n'a jamais l'éclat du ciel de l'Italie.

Au-delà de la Baltique, une révolution inconnue a fait tomber les têtes des montagnes dont les débris couvrent d'immenses espaces. Des rochers encore en place, entr'ouverts jusqu'à leurs bases profondes, donnent entrée à la mer, que vous trouvez bien avant dans les terres, sous la forme de rivières sans mouvement. En Suède, comme en Norwège et dans le Nord de la Russie, la moitié des vallées sont des lacs d'eau douce,

---

(1) On sait qu'en haute mer, l'horizon, au lieu de s'étendre, semble se rétrécir; il en est de même dans une plaine parfaite, où rien ne marque les distances, et où le moindre buisson suffit pour arrêter la vue.

ou font partie de la mer. La carte de la Suède
et de la Norwège est gercée de lacs et de golfes
profonds, en forme de rivières. En allant au
Cap Nord, vous voyez les sapins succéder
aux hêtres de la Baltique ; après les sapins, d'immenses forêts de pins tapissées de
mousse blanche comme la neige sont les
abris où les Lapons et les rennes hivernent.
Le bouleau finit la marche des grands vé-
gétaux ; il devient presque herbacé sur les
bords de la mer glaciale. Là, la vie s'arrête,
ou plutôt elle plonge dans la mer où des
pâturages sous-marins, habités par les baleines, recèlent dans les ténèbres de l'Océan
polaire, des mondes inconnus à l'homme.
Quel spectacle pour la pensée, que ces régions de la nuit plus peuplées que les régions chauffées par le soleil ! La couleur
des mers polaires indique des régions de
vie, où des milliers d'insectes vivent dans
une seule goutte d'eau, et où les plus petits
produits de la création habitent avec les
géants du globe.

Le ciel du Nord, brumeux la moitié de
l'année, dans sa beauté n'est jamais que
d'un bleu terne ; dans les courtes nuits d'été

on ne voit, dans les îles danoises, que les étoiles de la première grandeur placées sur un fond grisâtre, et un crépuscule léger unit l'une et l'autre aurore. Je n'oublierai jamais qu'en me promenant dans une forêt par une belle nuit d'été, j'entendis partout un léger gazouillement d'oiseaux nichés dans le feuillage. Leurs sons à peine entendus, étoient en harmonie avec le silence universel de la nature et avec la douce lumière d'un crépuscule qui, comme leur musique, sembloit s'adresser bien moins aux sens qu'à la pensée même.

Quoiqu'il tombe bien moins d'eau dans le Nord, cette eau résolue en pluie fine ou en brouillards, y met dix fois plus de temps à tomber que dans le Midi. Les nuées d'orages et les tonnerres sont rares et sans majesté, et le ciel du Nord est sans physionomie. Les triples soleils appelés *Halos* se voient dans le Nord moins rarement que les aurores boréales, qui ne sont fréquentes ni en Norwège, ni en Islande, mais en Groënland seulement.

Les plaines cultivées du Nord, divisées en grandes fermes, présentent partout de hautes clôtures de murs sec, couvertes d'un talus de terre, bien garni d'arbres épais, le tout entouré d'un fossé profond. Au centre de ces vastes enclos, il y a des bâtiments carrés, placés sur un terrain nu, le plus souvent sans arbres et sans jardins, où les vents ne cessent de souffler. Tout ce qui entoure la demeure de l'homme du Nord est solitaire; on n'y entend jamais que le bruit monotone du vent; on n'y voit que les tombeaux de gazon des anciens Scandinaves, et l'on se hâte de chercher un refuge dans le seul abri qu'on aperçoit. Arrivé dans la grande cour carrée de la ferme, garantie des vents par les bâtiments qui l'entourent, on y trouve tous les animaux domestiques réfugiés pêle-mêle avec les enfants de la maison; c'est l'arche de Noé placé sur la terre.

L'immense étendue des côtes de la Suède et de la Norwège est encore plus tourmentée par les vents que l'intérieur du pays; ces côtes hérisées de roches et d'écueils, battues par une mer écumeuse, et sans cesse entamées, rongées et comme mordues par les flots, présentent l'aspect d'un champ de bataille entre les éléments. On n'y entend

que le bruit des vagues alternant avec le
mugissement des vents. J'ai vu au phare de
Kulla (1) le ciel tellement brumeux, que le
soleil sans éclat ressembloit à une lune rou-
geâtre, qui alloit peu à peu s'éteindre dans
les brouillards. L'astre du jour a-t-il passé sous
l'horizon, le bruit du vent et de la mer semble redoubler de partout dans les profondes
ténèbres ; le sentiment de l'effroi s'empare de
l'homme que la nature semble abandonner.
On conçoit avec quel ravissement l'habitant de ces climats retrouve alors sa demeure chérie, son feu, sa famille et cet
univers plein de jouissances que la magie
du cœur sait en tous lieux créer à l'homme.

En donnant une ébauche des traits les
plus frappants des deux climats, j'ai cru
présenter des points de vue convenables au
développement des idées qui composent le
corps même de ce petit ouvrage.

_____

(1) La pointe du Categat dans la Scanie.

CHAPITRE PREMIER.

Agriculture.

=

L'INFLUENCE directe du climat sur les hommes a peut-être été exagérée par Montesquieu. C'est l'influence indirecte qui est prodigieuse.

Quelle différence dans l'économie rurale entre les pays où les travaux de la terre ne sont jamais interrompus, et ceux où ils le sont six, sept et jusqu'à huit mois de l'année !

Dans le Midi, la variété et la multiplicité de culture n'ont de bornes que celles des forces, des capitaux et du temps que le cultivateur peut donner à chacune. Dans le Nord, les champs et les prairies, et dans les latitudes très-élevées, les prairies seules occupent les habitants. Avant la guerre avec les Anglais, les légumes consommés

dans la Norwège, à Berghen, et à Dront-
heim, venoient de la Hollande, et il n'é-
toit pas rare de voir à Christiania du foin
d'Irlande. Ce n'est que depuis trente ou
quarante ans, qu'un Norwégien devenu
célèbre, a commencé d'introduire dans sa
patrie la culture des jardins. Encore de nos
jours, le marché aux herbes, à Copenhague, est pourvu par des Hollandais trans-
plantés en Danemarck au commencement
du seizième siècle. Cette petite colonie au
milieu d'une grande capitale, présente le
singulier spectacle d'une nation étrangère,
qui, depuis plus de trois siècles, a conservé ses mœurs, son langage et l'antique et singulier costume de sa première
patrie.

Une agriculture simple et beaucoup de
temps pour y penser, ont, chez les habitants
du Nord, créé l'esprit d'ordre qui contraste
singolièrement avec les habitudes du Midi.
Voyez comme tout est rangé chez l'habitant de la Suisse allemande ; comme sa fon-
taine est propre, comme ses engrais sont
bien et savamment tassés, ses enclos, ses
jardins soignés, ses arbres émondés, comme

auprès de sa maison son bûcher est rangé, et comme dans l'intérieur de son habitation tout est bien combiné et en bon état. Cet esprit d'ordre que vous observez dans sa demeure, il le porte dans l'administration de sa famille, et souvent de son village. Il en résulte des habitudes bien réglées qui sont le germe des bonnes mœurs.

Dans le Midi de l'Europe, les cultivateurs et les ouvriers ne sont jamais assujettis à l'heure. A Hyères, au mois de Février, j'entendois près d'un ruisseau qui couloit sous mes fenêtres, les blanchisseuses travailler toute la nuit. Dans presque toutes les saisons, on charrie et on va et vient de nuit comme de jour. L'usage de n'être à la maison que tout au plus pour dormir, déracine toutes les dispositions aux habitudes régulières. Il en arrive que la demeure de l'habitant du Midi n'est pas sa patrie, tandis que la maison est à l'habitant du Nord, à peu près ce que la coquille est au limaçon, qui ne sauroit vivre sans elle.

Dans le Midi, les habitants toujours occupés hors de leur demeure, ne pensent pas autant à leur nourriture que ceux du Nord;

de là vient leur habitude de manger peu, et de manger mal, puisque tout paroît bon à un appétit aiguisé par le grand air et par la faim. La cuisine du Midi est souvent sur les arbres, dans la vigne, dans les champs. Ne voyons-nous pas qu'un oignon, un raisin, des figues ou quelques aulx suffisent à l'Espagnol pour vivre et pour se battre ?

Le besoin de se vêtir et de se chauffer est, chez l'habitant du Nord, presqu'aussi impérieux que celui de se nourrir. L'habitant du Midi en est à peu près dispensé ; le soleil suffit le plus souvent pour le chauffer et le vêtir.

Il en résulte que, pour conquérir l'habitant du Nord, il suffit d'être le maître de sa maison, tandis que l'homme du Midi peut exister partout où il trouve le soleil, un abri, un arbre et quelque coin de terre inconnu à l'ennemi. L'exemple des Espagnols nous apprend encore que ce qui manque à l'habitant du Midi, est tout ce qui tient à la réflexion, et à la prévoyance. Son courage est mal dirigé, et il perd par manque de réflexion, ce que l'expérience raisonnée auroit pu lui apprendre. D'un autre côté, ce manque même de réflexion, et l'ignorance qui en est la suite, le servent merveilleusement. L'esprit accoutumé à réfléchir calcule les dangers ; mais les dangers ne sont rien pour qui n'a que du courage. L'homme qui réfléchit voit tout, connoît tout, hormis ces forces mystérieuses du cœur et des passions, qui sont quelquefois l'apanage de l'habitant du Midi.

On voit par tout ce que je viens de dire, que l'habitant du Midi est disposé à agir sans réfléchir, et l'habitant du Nord à réfléchir sans agir.

En comparant en masse l'agriculture du Nord avec celle du Midi, on trouve dans le Nord des assolements successifs, c'est-à-dire, des cultures calculées sur l'effet successif des plantes, cultivées l'une après l'autre ; dans le Midi, au contraire, l'attention se porte préférablement sur les cultures contemporaines, calculées sur l'effet que les plantes exercent l'une sur l'autre par leur voisinage.

Dans le Midi, la richesse du sol et du climat permet un plus grand choix de culture que dans le Nord, où le climat exclut un grand nombre de plantes utiles. Il y a plus, l'homme du Midi est riche non-seulement en plantes variées, il est riche encore en temps à donner à la terre; tandis que l'homme du Nord, enfermé dans sa demeure durant plusieurs mois de frimats, est pauvre de temps à donner au travail.

Une grande partie des habitudes nationales a sa source dans l'agriculture. On voit que l'agriculture du Nord, qui laisse un grand loisir à la pensée de l'homme enfermé dans sa demeure, favorise les idées rêveuses, tandis que, dans le Midi, la présence du soleil, des travaux jamais interrompus, et des sensations toujours en éveil, font sortir la pensée des profondeurs de l'ame, pour la loger dans les sens extérieurs.

———————

CHAPITRE II.

Liberté.

Il est dans la nature des choses que la liberté politique, c'est-à-dire, l'empire des lois, s'établisse chez les nations amies de l'ordre, plutôt que chez celles que les passions dominent.

Dans les pays à hivers, il faut plus de combinaisons, plus de prévoyance pour exister, qu'il n'en faut dans le Midi. De là une foule de règles et de lois, que le despote ne sauroit violer, sans porter atteinte à l'existence même de son peuple. Dans le Nord, il faut des maisons, des vêtements, du bois pour se chauffer, il faut des provisions pour ne pas mourir. Voilà bien des choses que le maître est obligé de respecter. Ce n'est point sous un ciel rigoureux et avare, qu'on s'avise de couper l'arbre pour en avoir le fruit.

Qu'on ne se méprenne pas aux formes des lois. Rien de plus despotique en apparence que la constitution du Danemarck, et rien de plus libre en réalité que les Danois (1). La révolution qui a rendu le roi despote, ayant été faite contre les nobles, il est dans l'esprit de cette révolution que le monarque respecte le peuple. Il est aussi dans les principes de toute monarchie que le monarque respecte la noblesse ; il est donc de l'intérêt d'un roi de Danemarck, que tous les ordres de l'Etat soient également protégés. D'ailleurs, le respect pour les choses indispensables à la vie de l'habitant du Nord, établit des règles tellement étendues, que, malgré la forme despotique de la constitution, un certain degré de liberté

---

(1) La liberté danoise est dans le cœur d'un bon roi ; mais ce qui manque à cette liberté, c'est quelque garantie pour l'avenir. Par le beau temps on navigue très-bien sur l'océan dans une chaloupe ; mais qui voudroit s'exposer à la longue dans un frêle bâtiment sans garantie contre des dangers certains ? Quel bon roi se refuseroit à sanctionner la perpétuité d'une bonne administration ?

en est la suite naturelle. Tel j'ai vu le Danemarck en 1799 et 1800.

On se fait, dans le Midi, de fausses idées
de la servitude établie dans le Nord. Lorsqu'on a voulu l'abolir en Danemarck, les
serfs même s'y sont refusés; elle n'est donc
pas aussi oppressive qu'on le croit communément.

La portion de terre dont la jouissance est
abandonnée au paysan danois, est tellement
considérable, qu'il n'y a pas de fermier suisse
qui ne se crût réellement heureux de l'ac-
cepter aux mêmes conditions que la possè-
dent les serfs danois. Donner la liberté à ces
paysans-là, ce seroit les priver de la ferme
qui les fait vivre.

Un pareil servage était dans son origine
la chose du monde la plus naturelle. Il étoit
naturel, qu'avant l'usage de la monnoie,
le fermier payât en travail ce qu'il ne pouvoit payer en espèces. L'argent n'étant que
le signe du travail, celui-ci devoit nécessairement exister avant le signe.

Cette espèce de servitude étoit tellement
naturelle, que Dalrymple remarque que
l'esclavage fut aboli en Angleterre, sans

que l'histoire en indique l'époque. En effet,
dans l'ordre de cette servitude, tous les sou-
cis sont pour le seigneur, et le bonheur
inappréciable de n'en avoir pas, est pour le
serf. C'est au seigneur à rebâtir la maison
du serf, et à le nourrir, lorsque son travail
ne suffit pas.

On voit que le mal qui résulte de cet esclavage est bien moins pour le paysan que
pour le seigneur, et surtout pour l'Etat. Le
système de la servitude favorise tellement
la paresse et l'insouciance, que la société ne
peut sortir de son état d'enfance qu'en l'a-
bolissant.

Avant la naissance de l'industrie, la sim-
plicité des mœurs empêchoit que la servitude réelle ne dégénérât en servitude personnelle. Chez les Germains, dit Tacite, le
maître et l'esclave sont égaux par les mœurs
et par l'éducation; mais voici la grande différence entre le serf et l'homme libre, c'est
que l'un alloit à la guerre, et que l'autre n'y
alloit pas.

L'éveil une fois donné à l'industrie, la servitude devint odieuse. Dans l'origine de l'esclavage, l'homme de la glèbe jouissoit d'une

portion de la terre de son seigneur; mais
le cultivateur devenu artisan ou commer-
çant, ne trouvoit plus dans son nouvel état,
ni garantie, ni propriété, ni justice.

L'abolition de la servitude faite de manière à ne blesser les droits de personne,
est tellement difficile, qu'il y a un siècle que
le Danemarck y travaille sans avoir achevé
ce bel ouvrage (1).

L'abolition graduelle de la servitude que
nous avons vue dans le Nord, tandis que,
dans le Midi, on voyoit l'esclavage des nè-
gres établi par les nations mêmes qui avoient
banni la servitude de chez elles, prouvé
que le climat de l'esclavage (à circonstances
égales) est dans le Midi, et celui de la liberté
dans le Nord.

Que l'on considère en masse le tableau des
nations; qu'on jette les yeux sur les dix derniers siècles de l'histoire, et l'on verra le despotisme s'appesantir de plus en plus, sur les
côtes d'Afrique et d'Asie, et la liberté se développer peu à peu dans l'Europe, avec des

---

(1) La servitude vient d'être abolie en Livonie
selon les principes les plus libéraux.

nuances où l'influence du climat est partout facile à reconnoître.

Les grandes nations se sont formées de la réunion de mille petites peuplades. De là vient que tous les peuples ont commencé par la liberté. Plus une peuplade étoit petite, plus elle se rapprochoit du gouvernement paternel, et plus elle étoit libre (1). De là vient qu'on trouve des traces de liberté dans tous les climats; mais, voici la grande différence entre les climats du Nord et ceux du Midi; c'est que cette liberté originelle de l'homme s'est conservée et développée dans le Nord, et s'est perdue dans le Midi.

Rome avoit des lois admirables, mais Rome n'a jamais eu une constitution stable et arrêtée, dans laquelle tous les ordres

---

(1) Nous voyons quelque liberté se maintenir en Arabie, parce que, dans les sables du désert, le sol divise les hommes en tribus. Par la même raison, on retrouve la liberté dans les pays où de hautes montagnes séparent les hommes en peuplades plus ou moins isolées. C'est l'instinct du despotisme qui inspira à Bonaparte l'idée de franchir par de belles routes la grande barrière des Alpes.

de citoyens se soient reposés. Le *forum* n'a jamais cessé d'être un champ de bataille pour ces âmes passionnées. Quelle différence d'une telle liberté à celle des Etats-Unis d'Amérique, à celle de la Suisse, de l'Angleterre, de l'ancienne Hollande, où tous les efforts tendoient à conserver la constitution qu'on s'étoit donnée, tandis qu'à Rome tous les efforts tendoient à détruire dans le jour l'ouvrage de la veille! Quelle différence entre les démocraties turbulentes de la Grèce et de l'Italie du moyen âge, et celles de la Suisse! Que de repos dans les aristocraties de Zuric, Berne, Lucerne, Soleure! Que de factions à Carthage, toujours agitée, comme l'étoient toutes les aristocraties de la Grèce et de l'Asie, et de l'Italie dans tous les âges.

Malgré tant de faits qui prouvent l'influence des climats, il n'en est pas moins vrai que cette influence est une cause tellement subordonnée à d'autres causes, que la république la plus orageuse de toutes a été celle d'Islande, et que Sparte et Venise n'éprouvèrent que peu de révolutions. La liberté de l'homme est dans l'empire de la raison; la liberté d'une nation est dans l'empire de la loi, qui n'est encore que la raison appliquée au corps politique. L'une et l'autre ne se développent que par des lumières universellement répandues, sur des rapports qui, chez les nations, constituent les bonnes lois, et chez l'individu, les bonnes mœurs. C'est à développer cette raison active que tout gouvernement doit tendre, puisqu'avec elle la liberté est partout, et sans elle nulle part.

Une constitution représentative chez un peuple sans lumière seroit sans liberté, tandis qu'une constitution sans réprésentation nationale seroit libre, tant que des principes universellement répandus pourroient s'y maintenir, et de plus, trouver moyen d'être écoutés.

CHAPITRE III.

Insouciance de l'avenir.

=

Un trait saillant du caractère des peuples du Midi, c'est leur insouciance sur l'avenir. A Rome, à Naples, et presque dans toute l'Italie, il est d'usage de finir toutes les provisions de bouche dans la journée, de manière que dans les meilleures maisons, et dans beaucoup d'auberges, on ne trouveroit pas le soir un morceau de pain et le plus souvent pas une bûche. Tout ce qui reste le soir des provisions de la journée, les domestiques italiens sont disposés à le regarder comme de bonne prise. Si les étrangers s'avisent de faire des provisions, il y a chez les domestiques une telle prodigalité, que, quoiqu'on ait acheté à moitié prix dans le moment de l'abondance, on perd à faire des provisions plus qu'on n'y gagne.

Si , par miracle , un domestique n'a pas
mangé d'avance ses gages , les femmes , en
les recevant , vont les placer en bijoux , et
les hommes en boucles d'argent ou au cabaret. Quand je leur représentois l'inconvénient de n'avoir pas des fonds en réserve,
ils me demandoient gravement où ils pourroient cacher cet argent qu'ils croyoient
presque de bonne prise pour les voleurs,
comme eux-mêmes tenoient de bonne prise
les provisions de leur maître.

Qu'on réfléchisse un moment à l'influence
d'un ciel qui, dans tous les mois de l'année,
donne des récoltes. On verra que la prévoyance ne peut naître dans un tel climat.
A Hyères, les orangers seroient tout l'hiver
chargés de fruits, si pour l'exportation on
ne cueilloit pas les oranges avant leur maturité. Les jardins se trouvent garnis toute
l'année; la récolte des olives se fait en hiver; la mer est presque toujours accessible; et les oiseaux sont dans une telle abondance, que les pauvres et les riches s'en
nourrissent. Le miel seroit un objet de con-
sommation, puisque les abeilles travaillent
à peu près toute l'année. En Provence, les

escargots, qui sont très-communs, sont des
mets de gourmands. Ajoutez que, dans le
Midi, le soleil et le travail dans les champs
tiennent lieu de vêtement et de poële.
J'ai vu à Hyères, durant tout l'hiver, un
vieillard assis au soleil s'amuser à chanter
des mots latins qu'il avoit entendus dans
l'église.

Qu'on oppose à ce tableau le terrible
phénomène d'un hiver des latitudes élevées,
lorsque la mort semble descendre du ciel
avec les neiges. Qu'on se représente l'homme
placé tout vivant dans ce vaste tombeau
de la nature; qu'on y ajoute les longues nuits
d'hiver, et le froid mortel qui les accompagne. Cette mort universelle est précédée
de la chute des feuilles, dont chacune avertit
l'habitant du Nord que la vie va s'éteindre.
Les ruisseaux et les sources bienfaisantes
s'arrêtent, tandis que les ouragans sont dé-
chaînés sur la tête de l'homme. Long-temps
avant l'hiver les récoltes avoient cessé, les
oiseaux avoient fui, ce qui a vie avoit disparu; l'ours blanc et noir et les loups vo-
races sont les seuls habitants des forêts.
La mer est inaccessible, et tout annonce la

famine. Un immense intervalle vient comme
un abîme se placer entre les besoins de la
vie et les moyens de les satisfaire. On conçoit que dans un pareil abandon tout parle
de prévoyance à l'homme qui va être dénué
de tout.

Il y a donc pour l'homme du Nord une
saison consacrée à la prévoyance, à la nécessité de réfléchir, tandis que dans le Midi
aucun besoin pressant ne vient arrêter les
mouvements de l'imagination. De là l'immense différence entre l'homme du Midi et
celui du Nord.

Dans le Nord, tous les besoins de la vie
semblent s'adresser à la pensée, tout y développe la réflexion. La nécessité de se pré-
server de l'hiver fait bâtir des maisons ; la
nécessité de vivre fait songer aux provisions. La saison morte oblige à l'économie
et aux combinaisons étendues. Dans le Midi,
au contraire, on vit au jour la journée ; les
récoltes se succèdent sans qu'on y pense ;
les feuilles et les fleurs sont toujours là ;
tout parle du présent, et l'avenir s'oublie
dans une jouissance non interrompue ; l'i-
magination y est sans cesse occupée. Le culte

divin, tout en décoration, est une jouissance ; les miracles s'opèrent tous les jours, tandis que dans le Nord, la religion ne parle que de l'avenir, ne puise ses leçons que dans le passé, et ne prêche que l'empire de la raison sur les passions de l'homme.

On dit qu'il y a quelques milliers de caisses d'épargne en Angleterre. Je ne crois pas que jamais on parvienne à en former *une en Italie*, en Espagne, en Turquie, ni peut-être même dans le Midi de la France (1).

L'imprévoyance produit l'oisiveté, qui, dans un climat où la faculté de sentir, toujours éveillée, donne de l'intérêt à tout ce qui se présente aux sens, est une jouissance perpétuelle, tandis que cette même oisiveté pèse à l'habitant du Nord, qui n'a pas ce mouvement intérieur que l'imagination seule sait produire. Une Italienne peut, sans ennui, passer un jour entier à la fenêtre, à voir passer les hommes qui lui plaisent ou déplaisent, tandis qu'une femme du Nord en mourroit d'ennui.

---

(1) Il y en a plusieurs aujourd'hui en Italie, que l'esprit novateur y a introduites, malgré l'influence du climat.

CHAPITRE IV.

Religion.

=

La religion des peuples du Nord, compa-
rée à celle des peuples du Midi, ne présente
pas moins de différence dans les deux climats, que n'en présente la liberté politique.

Les religions réformées nées dans le Nord,
n'ont jamais pu se soutenir dans le Midi.
C'est qu'il est de la nature de l'imagination d'a-
jouter à la croyance, tandis qu'il est de la nature de la raison d'en retrancher ce qu'elle
peut avoir de trop. Les sectes nées dans le
Nord sont, comme toutes les sectes mystiques, le résultat d'un sentiment couvé dans
la retraite, et dans l'obscurité, toujours concentré en lui-même; tandis que les religions
du Midi, nées dans l'éclat du soleil, tendent
toutes à l'adoration des objets extérieurs.
Les mystiques vont du cœur à l'objet, les

nations du Midi, au contraire, vont de l'objet au cœur. Il en résulte que le culte, dans le Midi, va directement à tout ce qui frappe les sens, et dans le Nord, à tout ce qui dispose au recueillement. Les mystiques aiment à décorer de visions l'intérieur de leur âme, comme les Jtaliens se plaisent à décorer la magnificence de leurs temples de tableaux et d'images. Que de peines Moïse n'eut-il pas, à prévenir chez les Juifs le culte des images ! Dans le bas Empire, nous avons vu dans le Midi, ce culte des sens triompher des Iconoclastes, tandis qu'aujourd'hui, nous le retrouvons aboli dans le Nord.

Dans son origine, la religion chrétienne tenoit du mysticisme ; elle n'étoit alors que le culte du cœur et de l'amour de son semblable, surtout de son semblable souffrant et opprimé. Voilà pourquoi les réformateurs prétendoient n'être pas des novateurs. En effet, ils ne firent que retrancher des branches parasites, que le soleil du Midi avoit fait croître. Ce fut le développement de la raison qui produisit les réformes par le retranchement des abus. Si l'esprit humain venoit jamais à rétrograder, on le verroit peut-être retourner sur le terrain de l'imagination, et adopter de rechef des dogmes que le développement de l'esprit avoit fait rejeter.

CHAPITRE V.

Opinion, modes, coutumes, et coterie.

=

Dans les pays où les passions dominent, l'opinion de coterie et de société est presque sans empire. Chacun se trouvant employé pour soi-même, n'a pas le temps de s'occuper de l'opinion d'autrui. De là vient qu'en Italie, par exemple, l'opinion de coterie est ce qui embarrasse le moins, tandis que chez les nations où la sociabilité domine, l'opinion est le Dieu à qui tout rend hommage.

4

Rien de plus remarquable que l'invariabilité des lois, des usages et des coutumes
religieuses que Montesquieu dit se trouver
dans l'Orient. La raison de cette invariabilité chez les Orientaux est dans la grande
influence qu'exercent sur eux des religions
toutes sensuelles. Plus une religion tient
aux sens, et plus il y a de cérémonies et
de pratiques. Dans les pays où, au lieu des
sens, le raisonnement domine, les pratiques religieuses sont à peu près nulles ou
arbitraires; dans ceux où l'imagination domine, elles entrent dans le tissu de la vie habituelle, et se perpétuent par l'intérêt qu'ont
les ministres du culte à maintenir ce qui les
fait régner sur les hommes.

Les peuples du Midi ont un tel besoin d'ê-
tre fixés dans leurs coutumes, que ceux qui
n'ont pas assez de pratiques religieuses,
comme, par exemple, les Chinois, s'en-
chaînent par des pratiques civiles en se donnant des codes de cérémonies aussi étendus
que les codes religieux des anciens Egyp-
tiens. C'est en comparant les pratiques religieuses du Midi avec celles du Nord, qu'on
est frappé de la grande différence qu'il y a

entre les deux climats. Tacite remarque,
qu'au lieu de temples et de statues, les Germains n'avoient que des forèts sacrées, où
les dieux n'étoient visibles que par le respect qu'ils inspiroient. *Deorumque nomini-
bus appellant secretum illud quod solâ reve-
rentiâ vident.* Dans les églises du Nord de
l'Europe, il règne une affectation de nudité,
comme dans les cérémonies ue tous les mystiques du Nord, une absence parfaite de
toute pratique positive, au point qu'à peine
ces saints hommes osent-ils se mouvoir,
tandis que les Derviches font de suite quelques milliers de tours, sur le pivot d'un
pied.

Chez toutes les nations nous avons vu la
croyance religieuse toujours guidée par quelque sentiment dominant. Chez tous les peuples, la superstition naquit de la peur. En
Orient, Arimane et Ormudez, le génie du
bien et le génie du mal, naquirent du sentiment
de la crainte et de l'espérance. Chez les nations
civilisées, c'est encore le sentiment qui domine la croyance. N'avons-nous pas vu à
la cour d'Angleterre, l'incrédulité succéder
aux terreurs inspirées par le puritanisme ?

Après l'ennui qu'avoit donné la dévotion de la cour du vieux Louis XIV, on vit naître l'impiété de la régence; et ne voyons-nous pas de nos jours en France, tous les moyens religieux évoqués par la puissance, toujours effrayée de l'impiété de la révolution?

Le grand principe de l'invariabilité des coutumes et des usages tient à la religion. Les costumes des religieux ne sont que d'antiques costumes conservés par l'usage et dans la suite consacrés par la règle. Les pratiques religieuses sont tellement antiques, qu'il y en a beaucoup dans la messe, qu'on dit avoir été pratiquées par les Romains avant le christianisme, comme, par exemple, la manière d'élever les mains dans la prière. *Palmas ad sidera tendens* n'est plus d'usage que dans la messe.

La croyance superstitieuse des peuples du Midi tient si peu à la religion, que j'ai connu autrefois à Naples, un seigneur qui, ayant des prétentions au bel esprit, nioit l'existence de Dieu, tout en croyant aux miracles de St. Janvier.

L'esprit financier qui règne dans les parties les plus éclairées de l'Europe, tend à favoriser les manufactures, et à varier peu à peu tout ce qui tient aux usages et à la mode. La variabilité du luxe contrebalance singulièrement l'invariabilité que la religion tend sans cesse à établir chez les hommes.

L'ancienne Egypte étoit jadis le centre des pratiques religieuses, de la stabilité des coutumes et de toutes les formes de mœurs que la religion peut établir chez les hommes. Nous retrouvons de nos jours cette même stabilité dans la presqu'île de l'Inde. C'est dans la France moderne au contraire qu'est le centre de la mobilité de toutes ces choses, qui fait un singulier contraste avec l'immutabilité des coutumes de l'Orient.

En France rien n'est permanent que le changement des modes, et des diverses manières de briller. La mode n'étant que l'amour de la distinction dans les classes supérieures, il est de sa nature de se varier sans cesse pour n'être jamais atteinte par l'imitation des classes inférieures. De là, une source d'inconstance qui entraîne quelquefois les mœurs, les principes, les caractères et tout ce que la raison cherche à rendre invariable chez les hommes.

La France, située entre le ciel ardent du
Midi et les régions rêveuses du Nord, semble
un heureux composé de la manière d'être
de l'un et l'autre climat. Dans les pays où les
passions dominent, on n'est accessible que
par les passions. Dans ceux où la pensée
domine, on ne l'est que par la pensée. Il faut
prouver à l'homme du Nord ce qu'il faut
faire *sentir* à l'homme du Midi. Le François
seul se trouve accessible à la fois au sentiment et à la raison. Il en résulte que les
François auront mieux qu'aucune autre nation l'esprit ouvert à toutes les vérités ; ils
seront susceptibles de préjugés, mais leurs
préjugés, sans racines, seront moins dangereux que chez l'homme à système ou chez
l'homme à passions. La tolérance sera une
suite naturelle de cette manière d'être ; car
la tolérance ne peut se trouver chez l'homme
qui n'abjure aucune de ses opinions, ni chez
l'homme que les passions dominent et que
les prêtres gouvernent. Cette même mobilité d'une âme également accessible par
l'esprit comme par le cœur, empêche les
François d'être profonds toutes les fois qu'un
grand motif ne les engage pas à suivre une

même idée, de manière qu'en France, le même homme peut être superficiel dans ses opinions et devenir profond dans ses recherches.

Une nation toujours disposée à céder aux impressions, soit du cœur, soit de l'esprit, sera légère dans ses goûts, ce qui ne l'empêchera pas d'être constante dans ce qui mérite de la constance, puisque la même sensibilité qui produit les préférences, perpétue ces préférences moins par l'habitude que par un goût toujours renouvelé. Une telle nation seroit éminemment sociable, puisque, toujours accessible par le cœur comme par l'esprit, elle aura plus qu'aucune autre à gagner dans le commerce des hommes. Elle sera aussi éminemment aimable, puisqu'elle seule aura ce tact qui suppose que l'on sait sentir et penser à la fois, ce que les nations rêveuses ou passionnées ne savent jamais bien. Elle aimera la nouveauté, puisque rien ne l'empêchera de la goûter sans cesse.

Lorsqu'un peu de vanité viendra se mêler à ce goût des choses nouvelles, il en résultera l'amour de la mode, qui sera bien moins le désir de posséder telle chose que le désir de changer sans cesse ; et l'on voudra une chose moins pour l'avoir que pour n'avoir plus ce qu'elle remplace.

Chez une telle nation le goût sera parfait dans toutes les choses fugitives, et souvent médiocre dans les choses qui ne peuvent être appréciées que par un sentiment profond. Accoutumée à sentir et à penser à la fois, elle dissertera beaucoup sur les choses de goût, et appréciera mal ce qui ne peut être que senti ou que pensé.

Elle aura plus de mœurs que de principes, tandis que les nations plus boréales ont souvent plus de principes qu'elles n'en peuvent suivre. Naturellement bonne, elle oubliera mieux qu'aucune autre nation de la terre le mal qu'on lui aura fait. Toujours ouverte aux sentiments de bienveillance, la réconciliation sera toujours facile avec elle.

Une nation plus légère que réfléchie seroit incapable d'être dominée par l'amour constant d'une constitution compliquée ; elle aimeroit la monarchie, puisqu'à des principes stables et bienfaisants la monarchie allie quelquefois des formes variées ; la bonté du caractère national , un esprit toujours ouvert au bien et à la justice , l'éloigneroient d'un despotisme aveugle et brutal , presqu'autant que sa légèreté la rendroit étrangère à l'esprit républicain.

*   *   *

Il y a dans la théorie des sentiments un phénomène qu'on n'a peut-être pas développé encore. Dans toute société composée des mêmes personnes (comme, par exemple, ce qu'on appelle coterie), il se forme une *opinion centrale* , qui peu à peu domine cette société. Comme il y a un singulier plaisir à tenir ses sentiments à l'unisson de ceux des hommes avec qui on vit, il en résulte que , dans les sociétés fermées, les mêmes sentiments dominent exclusivement. On peut, sans inconvénient, avec les personnes qui nous entourent, différer par les idées, mais non par les sentiments habituels.

L'opinion qui se forme de la combinaison des sentiments harmoniques , est très-remarquable dans les corps politiques, comme par exemple, dans les sénats des aristocraties. Dans ces corps permanents et souverains, il se forme des *maximes* qui, érigées en lois invariables, n'admettent plus aucune discussion. Ces maximes, semblables au lest d'un navire, empêchent le flottement de la grande machine politique. Elles sont utiles tant que les mêmes rapports existent, et que rien autour d'elles n'est changé ; elles sont la mort de l'état lorsque ces rapports ne sont plus.

Dans les réunions qui n'ont pour but que l'amusement, il se forme peu à peu une opinion centrale de chaque individu de la société, d'après la mesure établie dans la coterie. Il n'est pas rare de voir des personnes de mérite être les victimes de l'opinion d'une société où la médiocrité domine. Plus une société est durable et exclusive, et plus son caractère bon ou mauvais se développe, se renforce et devient exclusif.

L'esprit de coterie une fois établi dans une société fermée, il devient impossible de sortir des limites de cet esprit, puisque celui qui voudroit en sortir seroit seul contre tous. Mais il est à remarquer que, les sentiments étant une fois circonscrits dans un même cercle, il en arrive que, dans cette prison, les sentiments les plus forts absorbent les plus foibles, de manière que l'esprit de coterie tend à se concentrer et à se rétrécir de plus en plus. Toute discussion cessant peu à peu sur les idées centrales, la pensée même finit à la longue. De là l'esprit étroit des petites villes, qui ne sont que de grandes coteries, où toute lumière s'éteint si elle n'est pas sans cesse renouvelée par l'étude.

Moins une opinion est discutée, plus elle se généralise ; car c'est la discussion, ce sont les lumières qui placent des bornes aux opinions. On voit par là le prodigieux empire des dogmes chez des hommes ignorants. Une opinion dominante qu'on cesse de discuter, s'entoure bientôt d'une foule de corollaires et d'opinions subordonnées, qui, à la fin, dominent l'âme tout entière et éteignent jusqu'au dernier rayon de l'esprit.

Ce que je dis des coteries, s'applique à toute réunion d'hommes grande ou petite.

Tout corps politique a ses maximes, toute
nation a son opinion nationale, son caractère particulier; chaque ville, chaque village a son credo et ses dogmes. Mais les
sciences, le commerce, les modes et la
marche variée du temps et des événements
entament sans cesse ces barrières qui tendent à isoler l'homme de l'homme, et à
rétrécir de plus en plus le cercle de ses conceptions stagnantes.

CHAPITRE VI.

Mendicité.

Je regarde la mendicité comme inextirpa-
ble dans le Midi. L'émotion de la pitié y est
un véritable besoin qui perpétue la mendicité bien autant que le désœuvrement.
Dans les jours de fête rien n'est plus remarquable que de voir à Rome, le peuple dans

toute sa parure bigarrée, tandis que les mendiants exagèrent leur costume en portant les haillons les plus recherchés, c'est-à-dire, les plus dégoûtants, en se faisant des membres postiches, des yeux ensanglantés, des plaies, et quelquefois en jouant l'agonie. Une religion pleine de martyres entretient sans cesse le sentiment de pitié, au point que, dans les grands jours de fêtes et de pénitence, le besoin de donner est, chez les dévots, aussi pressant que le besoin de prendre chez les mendiants. Dans le Nord, la mendicité peut se soumettre à la police et aux lois de l'administration des pauvres, ce qui est impossible dans le Midi.

CHAPITRE VII.

Habitudes.

=

L'ESPRIT d'ordre et l'amour de la règle qui caractérisent les habitants du Nord, fait naître des habitudes souvent impérieuses. Or, rien n'émousse l'imagination et n'éteint l'esprit, comme d'être sans cesse entraîné par ses habitudes. Je sais que l'homme de lettres aime la régularité dans sa vie matérielle ; mais il ne l'aime que parce qu'elle lui fait oublier cette vie matérielle pour se livrer à une pensée toujours active et toujours renouvelée. Mais hormis les hommes rares qui, au sein de leurs habitudes, savent faire eux-mêmes leur destinée, la plupart des gens médiocres s'endorment dans une vie monotone, pour ne s'éveiller que lorsque quelque objet inattendu les vient frapper. Dans le Midi, la variété de culture, la di-

versité de travaux qui en résulte, l'usage de
dormir, de travailler et de manger à toutes
les heures, celui de ne pas tenir à sa maison, de ne pas se coller à ce qui nous entoure ; le culte divin, les processions, les
confréries, qui ne sont qu'une succession de
fêtes et de spectacles, tout cela tend à
entretenir le mouvement de l'esprit. L'u-
sage de s'occuper de l'amour dans toutes
les saisons de la vie, aide encore, dans le
Midi, à tenir l'imagination en haleine.

L'habitude est un grand bienfait du ciel,
puisqu'elle seule éteint à la longue toutes
les douleurs. A mesure qu'on avance en
âge, on s'attache à ses habitudes, par un
instinct heureux. Car c'est l'opinion des habitudes qui nous fait descendre au dernier
terme de la vie par une pente tellement im-
perceptible qu'elle n'est jamais sentie. *Sub-
repit non intellecta senectus.* Mais lorsqu'il
s'agit, non de mourir, mais de vivre, rien
n'est plus meurtrier que l'habitude qui, nous
dérobant chaque jour le sentiment de quelque portion de la vie, fait de nous des morts
ambulants, incapables d'aimer, de penser
et de sentir.

Quand on voyage, c'est-à-dire, quand on sort à la fois de toutes ses habitudes, le temps s'allonge pour nous, ce qui indique la quantité de sensations nouvelles qui sont venues nous assaillir en choquant nos habitudes. Au contraire, dans un bonheur uniforme, la vie s'éteint au milieu d'un brouillard toujours plus épais ; bientôt elle n'est plus sentie, parce que rien n'y fait époque. J'ai souvent admiré le repos des hommes de quarante à soixante ans, qui savent végéter de longues heures dans les cafés, ou dans les cercles, sans conversation et sans pensées, occupés uniquement à achever chaque jour le cercle étroit de leurs habitudes.

———

CHAPITRE VIII.

Poésie.

Les poètes allemands, danois, anglois et suédois, se plaisent particulièrement à peindre les beautés de la nature, surtout dans le paysage. Ils s'y arrêtent bien plus que les poètes du Midi. La raison en est que, dans le Nord, les longs hivers font sentir avec une inépuisable émotion le retour du printemps, ou plutôt de l'été; car au Nord, il n'y a ni printemps ni automne, comme Tacite l'a remarqué.

Dans les pays toujours verts il n'y a que des nuances de saisons; jamais on n'y éprouve ces contrastes terribles que présentent les hivers septentrionaux, comparés au charme des étés mêmes de la Laponie. De Buch fait d'une belle matinée de l'habitation la plus élevée de la Laponie, appelée *Altégor*, un tableau ravissant:

5

« Le temps, dit-il, étoit doux, le ciel
« serein ; la mer calme et brillante n'étoit
« agitée que par les jeux des nombreuses
« baleines, dont les mouvements ressem-
« bloient à de subites tempêtes. La verdure
« universelle des côtes, l'éclat des forêts,
« les nombreux troupeaux qui animoient le
« paysage, tout cela étoit ravissant. » Mais
ravissant *transeuntibus*, lui dirent les habitants, pour ceux qui ne font que passer. Ces
tableaux, pour être rares, n'en sont que
plus vivement sentis, et plus ineffaçables.
Peut-être Homère, Ossian et Milton, n'ont-
ils été les premiers des poètes, que parce
que, privés de la vue, le souvenir de ce qu'ils
avoient vu se trouvoit embelli par les regrets de ne plus éprouver ces émotions,
dont l'habitude, s'ils n'avoient pas été aveugles, les eût privés à la longue.

*   *   *

On seroit tenté de croire que dans le climat du Midi, il y a plus de poésie dans les
âmes que sous le ciel glacé du Nord, et
cependant, l'histoire semble démentir ce
principe.

La poésie suppose deux choses: le sentiment qui la fait naître, appelé inspiration, et un langage propre à exprimer ce sentiment. Chez l'homme du Nord, le sentiment plus concentré que chez l'homme du Midi, est pour cela même toujours près de l'inspiration. Sous le ciel du Midi, le sentiment, en se portant sur des objets extérieurs, s'évapore en jouissances; sous le ciel brumeux du Nord, il se concentre en lui-même. Il en résulte que l'homme du Nord sent plus profondément que l'homme du Midi, qui en revanche, par la souplesse de ses organes, trouvera plus vîte un langage harmonieux.

Rien n'est moins connu, même dans ce siècle investigateur, que les mœurs, le langage, et la poésie des Scandinaves avant l'introduction du christianisme (1). La religion, les mœurs, le langage, l'histoire même de ces peuples demi-barbares, tout chez eux est poésie, miracle, héroïsme, crime atroce ou haute vertu. L'histoire de l'homme est tellement mêlée avec celle des dieux, des

_____

(1) Vers l'an 1000.

esprits, des sylphes et des gnomes, la réalité y est tellement agrandie par le merveil-
leux, que le tableau de ce peuple est le
drame des géants de la fable joué dans les
sombres régions des tempêtes, de la nuit et
des brouillards. Le récit des hauts faits dé-
posés dans les *Sagas* islandaises est moitié
prose et moitié vers. Mais toute cette
fourmilière poétique est malheureusement
rendue dans un langage informe, où les
objets vus comme à travers un brouillard,
donnent plus à deviner qu'il ne font voir
réellement. En lisant ces Sagas, on est sans
cesse tenté d'achever ces esquisses poétiques
qui renferment tant de trésors inconnus à
la poésie méthodique des peuples civilisés.
Ce n'est pas que ces nations polaires fus-
sent dépourvues du sentiment du beau. Au
temps de Saxo-Grammaticus, et de Snorro
Sturleson, nul homme en Europe n'écri-
voit le latin avec plus de talent et de pureté, que ces historiens si distingués dans le
douzième siècle.

L'introduction du christianisme dans le
Nord, l'apparition d'une langue étrangère,
toute scientifique (le latin), qui en fut la

suite, vint arrêter les progrès de ces peuples si poétiquement barbares qui se faisoient dans la langue nationale.

Après la destruction du paganisme, on vit peu à peu, mais bien lentement, disparoître ces visions poétiques, qui ne se retrouvent que dans les récits des Scaldes, conservés dans les Sagas islandaises. Quand après quatre à cinq siècles d'une seconde barbarie, on voulut faire usage de la langue nationale, on ne trouva plus qu'une langue informe, qu'on fut long-temps à former, non d'après le caractère national, mais d'après des modèles étrangers. Il résulte de tout ceci, que par le développement retardé de la langue nationale, toute bonne poésie ne fait que de naître chez les nations septentrionales.

Les rapports entre les mots et les pensées sont si fins, si intimes, que toute pensée laisse sa trace dans le langage, de manière que la langue qu'on parle est le résultat de tout ce qui l'a précédé. Mais cette série d'impressions, ce fil de la pensée, déposé dans le langage, se rompt aussitôt qu'un langage étranger vient prendre la place de la langue maternelle. Cette langue mater-

nelle a tout le charme des souvenirs ; elle
est éminemment la langue du cœur, celle
de ses jeunes ans, par conséquent, celle
de la poésie.

Il y a cette différence entre les langues
du continent septentrional de l'Europe et
celles des peuples du Midi, que les langues
suédoise, danoise et allemande, n'ont été
essentiellement entamées par aucune conquête, tandis que les langues des nations
civilisées des peuples du Midi, n'ont cessé
d'être mutilées par la langue des vainqueurs.

Le développement de la pensée chez les
nations germaniques a été modifié, peut-être
retardé par l'imitation de modèles étrangers ;
mais les langues mêmes de ces nations sont
restées intactes, tandis que les peuples du
Midi ont, à plusieurs reprises, perdu de leur
langue maternelle. Il en résulte, que les
langues germaniques tiennent plus intimé-
ment au caractère national, que les langues composées du Midi, dont la bonne
moitié des mots n'a ni souvenir, ni racine.

Ajoutez à ces inconvénients, que les souvenirs historiques des peuples toujours con-

quis du Midi (1), ne peuvent avoir le ressort des souvenirs des peuples héroïques du Nord presque toujours vainqueurs.

Je conclus de tout ceci, que les langues du Midi, composées de langues mortes (2), pour les peuples qui les parlent, ont atteint tout leur développement, tandis que les langues du Nord, toutes fixées sur des racines vivantes, ont de grands développements à attendre.

La seule langue des anciens Hellènes, a réuni les avantages que le climat donne au sentiment et à la pensée, au bonheur de n'avoir jamais été entamée par des langues étrangères.

___

(1) Nous avons vu dans ces derniers temps l'influence instantanée des conquêtes des François sur les langues des nations conquises, suivie d'une subite réaction sur la langue françoise, repoussée partout avec les vainqueurs.

(2) L'Ibère, le Celte, le Latin, le Grec, le Goth, etc.

CHAPITRE IX.

Suicide.

=

Montesquieu a raison de dire que les habitants du Nord se tuent sans sujet , tandis que ceux du Midi savent très-bien pourquoi ils se privent de la vie. Cela prouve. que le suicide est une maladie chez les nations septentrionales , tandis que dans le Midi , c'est l'explosion d'une passion violente, qui porte bien plutôt à tuer l'auteur de sa peine qu'à tourner le poignard sur soi-même.

J'ai ouï dire à Coppenhague , qu'il y avoit eu dans une année cent vingt suicides dans le royaume. L'usage à Coppenhague , lorsque j'y étois, etoit de se jeter par la fenêtre , tant l'exemple est contagieux dans cette maladie ; je n'ai jamais pu, dans mes voyages d'Italie , constater le fait d'un seul suicide, quoique je ne doute pas qu'il n'y en ait. Il y a dans le Midi une plénitude de vie, un besoin de sentir, qui fait que tous les organes y sont dans une perpétuelle excitation. On y est toujours disposé à jouir de toutes les sensations extérieures, à peu près comme l'oiseau que tous les bruits, tous les objets et tous les mouvements animent.

Je n'oublierai jamais qu'ayant dîné chez un jeune Anglois, d'une figure charmante, riche et d'un rang très-élevé, cet Anglois me pria de rester après que les autres convives se seroient retirés. Le secret qu'il avoit à me confier étoit celui d'un ennui tel, qu'il songeoit sans cesse à se tuer. J'étois très-jeune alors ; je fus tellement ému du contraste de sa fortune avec son dégoût de la vie, que je bénis le ciel et mon père, de m'avoir donné le goût des études et celui de la vie, c'est-à-dire du travail.

L'habitude de replier ses sensations sur soi-même, admirable lorsqu'on veut réfléchir, devient funeste lorsque cette habitude n'est pas réunie à une grande activité d'esprit. J'ai vu des hommes médiocres, que l'étude de la métaphysique allemande avoit rendus presque imbécilles. L'habitude de se séparer des sensations extérieures, semble en paralyser les organes, le goût des sentiments agréables se perd, tandis que les douleurs et les maladies inséparables de la vie se renforcent. L'absence de tous les besoins, toujours prévenus chez les riches, éteint peu à peu les sensations agréables pour laisser l'homme seul avec la douleur. L'ennui, qui n'est qu'un léger accident lorsqu'il n'est que passager, devient meurtrier lorsqu'il est prolongé. On peut, sans douleur, faire un quart de lieue dans un désert; mais se trouver dans les sables de l'Arabie sans y voir aucune issue, est l'image d'un homme ennuyé sans ressource. Tout cela n'arrive jamais aux habitants du Midi, tandis que rien n'est plus commun en deçà des Alpes, surtout dans le Nord, où les longs hivers donnent à l'esprit l'habitude de se séparer des sensations extérieures et de se replier sur lui-même; mais pour les âmes vides, rentrer en soi-même, n'est-ce pas se condamner à languir dans un désert ?

CHAPITRE X.

Ivrognerie.

=

L'IVROGNERIE, bien plus commune dans le Nord que dans le Midi, y est un plaisir solitaire qui semble croître avec les latitudes élevées. L'eau-de-vie est le poison de la Norwège, de la Laponie et de tous les peuples au-delà de la Baltique. Chez ces peuples, l'ivrognerie est regardée comme une marque de richesse, comme une distinction qui, quelque honteuse qu'elle soit, semble flatter leur vanité. *J'ai de quoi boire*, disent les riches Norwégiens, quand ils ont bu ; à entendre les Danois, on diroit que sans eau-de-vie il n'y a ni santé ni médecine. Chez l'habitant du Midi, le vin est une boisson ordinaire, dont, par cela même qu'elle est habituelle, il ne fait pas d'excès, tandis que chez l'habitant du Nord, c'est une maîtresse dangereuse qui l'entraîne à sa perte ! Aujourd'hui (1) que la misère prive souvent l'habitant du Midi du vin qu'il étoit dans l'usage de boire à la maison, l'ivrognerie reprend, et l'on voit des pères de famille boire leur salaire au cabaret, pour ne le partager avec personne.

CHAPITRE XI.

Enseignement.

=

Avec très-peu d'enseignement, l'habitant du Midi fait dans les sciences bien plus de progrès que n'en fait l'habitant du Nord. Mais, pour que ces progrès se fassent, il faut trouver l'art infiniment difficile, de fixer l'imagination sur les objets qu'on en-

---

(1) En 1810.

seigne. Dans le Midi, les organes sont dans
une telle activité, il y a une telle disposition à l'excitabilité des idées et des sensations, que l'on ne trouve que difficilement
chez le jeune écolier le moment de fixer
une idée étrangère. L'esprit, bien plus que
la terre, y est d'une telle fécondité, que
plus il y a de talents naturels, et plus on
trouve l'âme qu'on entreprend de cultiver,
déjà garnie de fleurs et de plantes parasites. Mais le germe de la science une fois
placé, on a bientôt des produits vigoureux.

Dans le Nord, l'esprit prend, plus faci-
lement que dans le Midi, l'attitude de la
réflexion ; et l'art de replier ses idées sur
elles - mêmes y semble plus naturel. Mais
dans les régions de neige, l'esprit n'a pas,
comme dans le Midi, cette vigueur qui,
d'un premier élan, porte aux hautes pensées. Il faut donc que la méthode, le temps
et des efforts soutenus suppléent à ce que
la nature n'a pas donné. En dernier résultat, il y a parité de produits entre les
deux climats; mais dans le Midi les efforts
se dépensent à écarter les pensées inutiles,
et dans le Nord à développer une même

idée. Dans le Midi, il faut sans cesse éla-
guer la pensée, et dans le Nord il faut ré-
péter les labours qu'on lui donne.

On comprend que c'est des sciences que
je parle ; car dans les *beaux arts* toute
parité cesse, et le soleil réclame si haute-
ment tout ce qui tient à la beauté, que les
artistes du Nord ont, dans tous les temps,
senti le besoin d'un autre climat ; tous ceux
qui se sont distingués dans la carrière des
beaux arts, se sont formés en Italie, ou
du moins, ont senti comme par instinct le
besoin d'y vivre.

Quand on aura appris à distinguer mieux
qu'on ne fait la faculté de penser, de la faculté de sentir, on verra combien il importe à l'artiste de vivre dans le pays où
l'imagination domine.

En France on *raisonne* les beaux arts
bien mieux qu'on ne les sent ; en Italie,
au contraire, on les sent plus qu'*on ne les
raisonne*, s'il est permis de se servir de cette
expression. A Paris, on est presque forcé-
ment entraîné vers le goût à la mode ; on
est inquiété par des raisonnements sur ce
qu'on ne peut que sentir. Tout cela nuit

au génie qui, pour se former, exige l'ombre
et le repos, comme la cristallisation du dia-
mant, que le moindre mouvement peut
troubler.

Voyez à Rome la vie solitaire de l'artiste; il y vit tellement enfermé dans son
étude (*studio*) qu'on le prendroit pour un
saint ermite. Ses fenêtres, fermées du côté
de la terre, ne lui laissent voir qu'un ciel
presque toujours serein, ou varié par des
nuages tantôt brillants et tantôt orageux.
L'Apollon du Belvédère, le Laocoon, la
Vénus de Médicis sont les seules formes qui
sans cesse frappent ses regards; quelques
poëtes sont sa seule étude. Il sait à peine
dans quel siècle il existe.

Quid Tridaten terreat unicè securus.

Quand il sort, c'est pour errer dans les
ruines de l'ancienne Rome, parmi les ombres
chéries avec lesquelles il vit uniquement.
Cherche-t-il quelque distraction ? Il se
rend chez le saint du jour; là, dans un
temple magnifique, assis auprès des plus
belles femmes, il entend la musique des

anges (1). Veut–il entrer dans l'assemblée des dieux de l'Olympe, il se fait ouvrir quelque galerie, où les chefs‑d'œuvre de tous les siècles apparoissent à ses regards. Il y a dans la sainte cité une telle insouciance pour tout ce qui n'a qu'un intérêt de commérage, qu'au milieu d'une grande ville on éprouve le charme de l'indépendance qu'on chercheroit en vain dans un désert. On y vit pauvrement sans honte. Je connois un artiste qui, parti pour Rome, avec trente écus, y vécut, je ne sais comment, pendant trois années. De retour dans sa patrie, il y gagnoit beaucoup d'argent : «J'en ai honte, me dit-il, mon talent s'éteint à faire de mauvais ouvrages. Si je n'étois marié, j'irois retrouver à Rome la solitude et la pauvreté de mes jeunes ans.» Me promenant un jour avec un artiste qui alloit quitter Rome, je le vis pleurer en contem-

_____

(1) Il y avoit jadis à peu près tous les jours de l'année fête chez quelque saint, dans quelqu'une des 360 églises de Rome ; l'on y faisoit de la musique, et les plus belles femmes s'y trouvoient réunies.

plant, des hauteurs d'Aqua Pauli, la ville qu'il alloit quitter.

A Paris, un artiste passe sa vie à entendre disserter sur les arts, et à Rome il ne vit que pour voir et sentir. A Paris l'ambition même éteint le talent en le soumettant à tous les caprices des faux connoisseurs; à Rome, l'ambition de l'artiste se borne à se surpasser lui-même. Le talent aussi tient au sentiment; plus le sentiment est pur et plus le talent est parfait. Il se corrompt par l'alliage de tout sentiment étranger.

Il ne faut, pour protéger les beaux-arts, qu'écarter tous les obstacles. Mais ces obstacles sont souvent hors de la portée des rois; un ciel brumeux, tel degré de froid, tel caractère des hommes avec qui on est appelé à vivre, sont des obstacles insurmontables. Il faudroit pour l'artiste ne voir, ne sentir que le beau, ne penser que le grand, et n'avoir de jouissances que celles qui servent son talent, et voilà précisément ce que jadis on trouvoit à Rome, et ce qu'on y trouve peut-être encore.

CHAPITRE XII.

Littérature et critique.

=

On est étonné de trouver dans les ouvrages d'érudition et de critique du Midi, plus de livres médiocres que dans ceux du Nord. Par exemple, les Italiens ont ecrit d'innombrables volumes sur les antiquités qu'ils avoient sous les yeux, sans y porter beaucoup de lumière (1). Avec quelques foibles aperçus et beaucoup de citations, les antiquaires d'Italie savent faire de longues dissertations qui ne prouvent rien. Dans le Midi de l'Europe, c'est la facilité de faire qui produit les ouvrages médiocres. La trop

(1) Lorsque j'écrivis ceci, je ne connoissois pas les écrits de Visconti, qui est le premier antiquaire italien de génie à moi connu. Les écrivains médiocres du Midi ont le malheur de se noyer dans leurs paroles.

grande facilité de parler et d'écrire est un écueil pour les imaginations vives de tous les climats; plus on a d'idées, plus il faut de culture pour les faire valoir. En revenant du Midi de la France, je voyois, à Avignon, des moulins à vents négligés tourner à vide. C'est là, me disois-je, l'image de l'esprit du Midi, toutes les fois que beaucoup de travail ne répare pas les défauts nés de son abondance et de sa vivacité. Les érudits trop prompts à publier, sont comme ces moulins à s'agiter sans résultats utiles. Une foule de faits mal arrangés, et baucoup de facilité à faire mouvoir un grand nombre d'idées et de paroles, font faire de mauvais ouvrages à ceux qui, avec plus de travail, en eussent fait de bons.

Moins de mouvement dans l'imagination et plus d'habitude de réfléchir donnent plus de solidité aux érudits du Nord. Le danger pour eux est de tomber dans les systèmes; car la même inertie qui fait que les Italiens écrivent quelquefois sans penser, fait que les Allemands se laissent aller à une même idée qu'ils appellent générale, et les Français à l'opinion du jour.

Un genre d'ouvrage qui manque aux Italiens, ce sont les journaux. C'est là que la facilité est un grand écueil pour les esprits vifs et impatients.

L'homme du Nord jugera (1) ordinaire-

---

(1) Tout résultat d'une comparaison peut s'appeler *jugement*. La préférence que je donne à telle couleur sur telle autre étant le résultat d'une comparaison, je puis l'appeler un *jugement*. Mais voici la grande différence entre les jugements formés par l'imagination et ceux formés par l'intelligence ; c'est que les jugements formés par l'imagination sont toujours le résultat d'une comparaison faite, non entre les *objets* que l'on juge, mais entre les *sentiments* agréables ou désagréables attachés à ces objets. J'aime une telle couleur parce qu'elle me plait davantage. De là la variabilité qu'on reproche à tort à l'imagination toujours déterminée par les sentiments et non par les objets.

Les jugements de l'intelligence, au contraire, naissent de la comparaison entre les choses mêmes que l'on compare. Quand je dis que l'angle A est plus grand que l'angle B, ce jugement résulte de la comparaison des idées mêmes (des angles), et non des sentiments que ces idées m'inspirent. De là l'immutabilité des jugements de l'intelligence aussi invariables que les choses mêmes.

Ce qui met quelque obscurité dans cette matière,

ment mieux que l'homme du Midi. Mais si cette supériorité de jugement ne tient qu'à l'absence de l'imagination, elle aura un champ trop borné. Ces personnes seront d'une absurdité parfaite toutes les fois qu'elles sortiront du cercle étroit de leurs idées. Que d'hommes réputés de grand jugement, n'a-t-on pas, dans les temps de bouleversement, vu faire des fautes graves, pour être sortis du cercle de leurs idées journalières (1).

On voit que la bonne critique est un fruit qui mûrit dans le Nord bien plus vîte que

---

c'est que dans les jugements de l'imagination nous attribuons à *l'objet* même, ce qu'on ne doit attribuer qu'au sentiment attaché à cet objet. On ne devroit pas dire : telle couleur *est* plus belle, mais telle couleur *me plaît mieux* que toutes celles que je lui ai comparées. (Voyez mes *Études de l'homme.*)

(1) Cette remarque étoit évidente pendant la révolution de France. Qui n'a pas eu occasion de voir de très-bons magistrats déraisonner sur les affaires politiques aussitôt qu'ils sortoient du cercle de leurs idées journalières ? On a vu de semblables résultats dans les armées, où les hommes à routine sont toujours battus par les hommes éclairés qui n'en ont pas.

dans le Midi. Mais quand les nations du Midi voudront donner à leurs talents la grande culture qu'ils exigent, on verra renaître chez eux les Quintilien et les Longin, que les hommes du Nord n'ont pas encore égalés.

La culture de l'esprit ne sert pas seulement à augmenter le nombre et la richesse des idées, mais à perfectionner l'instrument même de la pensée. Quand nos facultés ne se développent que partiellement et au hasard, il en résulte des défauts pour l'esprit et pour le caractère. Ce n'est qu'en les exerçant beaucoup, avec méthode et dans leur ensemble, qu'elles s'entr'aident mutuellement.

Le développement harmonique de nos facultés, qui semble ne servir qu'à l'esprit, contribue encore à cette paix de l'âme qui constitue le bonheur. Une imagination déréglée, fatigue et égare l'homme qu'elle agite. Une contention trop habituelle de l'esprit le rend sec et stérile, et nous fait perdre, pour ainsi dire, le goût du bonheur.

La nature semble tendre de partout vers

une harmonie universelle. Ce qui se développe partiellement est toujours plus ou
moins vicieux. Le développement parfait de
l'esprit, en élevant le cœur à son niveau,
produit les grands caractères qu'on admire
dans l'histoire. L'homme supérieur par ses
lumières sera éminemment l'homme social;
il sera aussi l'homme heureux, car les vertus qui ne semblent être que pour les autres,
font aussi le bonheur de qui les possède,
comme les défauts qui semblent tournés tout
en dehors de nous, nous blessent toujours
nous-mêmes par quelque endroit.

Les hommes de tous les climats ont besoin
de ces vérités; les esprits vifs, pour se dé-
fier d'eux-mêmes; les autres pour tout espérer du travail, de la méthode, et de ce
courage qui nous permet de compter sur
nous-mêmes.

CHAPITRE XIII.

Susceptibilité.

=

Pendant un tiers de l'année, les habitants du Nord, renfermés dans leurs maisons, y vivent concentrés dans leur famille. De là l'esprit un peu rêveur de tous les peuples germaniques ; de là leur goût pour la métaphysique, pour les sectes mystiques et les sciences spéculatives. De là leur sociabilité douce et affectueuse pour qui sait les connoître et les apprécier. L'uniformité de leurs habitudes, moins d'usage du monde, moins de frottements dans la société, joints au respect pour le rang et pour les lois, les rend formalistes, et leur donne le défaut qui caractérise toutes les races germaniques, celui d'une *susceptibilité* qui se choque de tout ce qui n'est pas dans les formes, ou dans les usages qu'on s'est donnés.

La susceptibilité est un défaut peu connu en France, et encore moins en Italie. Les âmes passionnées comme celles des Italiens sont irritables, mais ne sont pas susceptibles. Un sentiment très-vif est trop absorbé par lui-même, pour s'embarrasser de l'opinion d'autrui. La gaîté des François, leur grand usage de la société, et la bonne opinion qu'ils ont d'eux-mêmes, les préservent de ce défaut. Les Anglois s'en garantissent quelquefois par la fierté de leur caractère (1). Les Allemands, moins passionnés que les Ita-

----

(1) Il faut excepter de cette règle une foule de femmes angloises, d'un rang subalterne, qui, dans les pays étrangers, étalent une susceptibilité aristocratique bien ridicule. Au lieu de supposer que, dans les sociétés où elles sont admises, ceux qui s'y trouvent sont faits pour y être, elles supposent au contraire que les personnes qui ne leur ont pas été présentées comme exception, sont indignes de leur parler. Ces Angloises redoublent de susceptibilité avec leur compatriotes, qu'elles ont souvent l'air de dédaigner pour faire croire qu'elles sont d'un rang prodigieusement supérieur, comme si en Angleterre les rangs supérieurs n'étoient pas ceux qui se distinguent par la politesse et l'affabilité.

liens, moins fiers que les Anglois, moins exercés aux frottements de la société que les François, en sont éminemment atteints. Un mot, une plaisanterie qu'ils n'ont pas saisie au premier moment, ils le ruminent en y refléchissant. Mais ce mot détaché des rapports instantanés qui en déterminent la valeur, se dénature en s'isolant. Un mot, échappé au sentiment du moment, ne doit point être jugé au tribunal de la réflexion, où il ne peut être compris, puisque les sentiments ne peuvent être traduits en pensées. On peut *raisonner* sur les rapports extérieurs des sensations et des sentiments, mais on ne peut apprécier leur valeur réelle qu'en les éprouvant.

La susceptibilité des Allemands est consacrée dans l'expression proverbiale *querelle d'Allemand* ; on n'a pas d'idée en France, combien la vie sociale peut être troublée par la susceptibilité qui rend toute gaîté dangereuse. Ce défaut est très-rare dans les grandes villes.

Le contre-poids de la susceptibilité, c'est d'être animé par quelque noble sentiment. Je n'ai jamais pensé sans admiration à la su-

blime constance des députés romains envoyés à Tarente , qui, grossièrement insul-
tés (1) par une populace légère à la fois et
barbare, parurent devant le peuple assemblé
au théâtre, pour s'acquitter de leur mission, sans daigner faire mention des indignes affronts qu'ils venoient d'essuyer dans
les rues.

C'est surtout dans les villes allemandes,
où l'on parle le patois, c'est-à-dire , une
langue informe qui n'a jamais été écrite,
que toute plaisanterie devient impossible.
Et comme la plaisanterie est le plus souvent l'expression de la gaîté de l'esprit, cette
gaîté fine ne peut naître chez des hommes
qui ne savent bien ni ce qu'ils disent ni ce
qu'ils entendent.

La susceptibilité est une des causes du
commérage qui désole les petites villes où

----

(1) *Legati à Senatu, Tarentum ad res repetendas,
missi, cum gravissimas ibi injurias accepissent, unus
etiam urinâ respersus esset, in theatrum (ut est
consuetudo Graeciae) introducti, legationem, quibus
acceperunt verbis, peragerunt. De his quae passi
erant, quaesti non sunt, ne quid ultrà ac mandatum
erat, loquerentur.* (Valerius Maximus L. II.)

les prétentions sont aussi vagues que le
sens des mots. Dans une ville où, par ignorance de sa propre langue, on ne sait jamais
bien au juste ce que l'on dit, et ce que les
autres ont senti, les amours-propres se cho-
quent entr'eux, comme feroient des hommes
ivres renfermés dans une même enceinte.

CHAPITRE XIV.

Digression sur les patois.

Qu'on me permette ici une digression sur
l'inconvénient qu'il y a à négliger l'étude
des langues cultivées. Il est bien malheureux que la partie allemande de la Suisse,
qui n'auroit qu'un pas à faire pour parler
une belle langue, soit précisément celle où
l'on a le plus mauvais langage. Il y a environ cent ans que la Suisse françoise
a commencé à renoncer à son patois. Je

ne sais comment il s'est fait que la Suisse italienne, peut-être bien moins lettrée alors que la Suisse allemande, ait un meilleur langage que ses voisins du Piémont et du Milanais.

Le jargon de quelques villes allemandes de la Suisse, a, dans le langage journalier, des expressions d'une telle saleté, que j'ai vu l'aimable poète Mathison rougir en les entendant sortir des bouches les plus modestes. L'accent de la ville la plus éclairée de la Suisse allemande (1), est tellement lourd et discordant, l'oreille de l'étranger en est tellement écorchée, qu'on est quelque temps à découvrir que ces sons renferment des idées, et des idées souvent bien distinguées.

Les étrangers auront peine à comprendre que dans la plupart des villes de la Suisse allemande, il y a réellement trois langues en circulation : le françois ; l'allemand des paysans, mêlé de bon allemand, tel qu'on le parle dans les conseils ; puis le patois pur. De ces trois langues dépécées est née une

(1) Zurich.

quatrième, composée des trois autres, à peu
près comme la langue franque, parlée sur
les côtes d'Afrique, est née de pièces rapportées des langues riveraines de la Mé-
diterrannée.

Mais, parce que dans la Suisse allemande
on a deux langues à parler à la fois, le bon
allemand et le patois, ce n'est pas une raison
de n'en apprendre aucune ; et parce qu'on
parle mal les deux allemands, ce n'est pas
une raison de négliger la troisième langue,
le françois, qu'on est appelé à parler tous
les jours ; et c'est cependant ce qui arrive.

Une des premières règles en éducation,
c'est d'apprendre à faire bien ce qu'on est
appelé à faire nécessairement ; et comme
parler est la première affaire et la plus pra-
tiquée de la vie, on devroit apprendre à
parler bien sa langue.

Les hommes médiocres et toutes les personnes dénuées de goût et de connoissances,
se font de l'art de bien parler, à peu près
l'idée d'une parure. Et cette parure, ils sont
bien disposés à la trouver ridicule, lorsqu'elle n'est pas dans le costume de leur
pays. Ils oublient que le langage n'est pas

une parure, mais un vêtement qui touche l'âme par tous ses points. Qui voudroit être vêtu de haillons sales et dégoûtants? Et si de se couvrir de haillons qui ne touchent que le corps est repoussant, combien la parole, qui touche l'âme de si près que quelques philosophes modernes vont jusqu'à les confondre, combien cette parole n'a-t-elle pas d'importance pour tout être qui se plait à penser et à sentir?

Ce n'est pas toujours en voulant bien parler, c'est le plus souvent en n'y pensant pas, qu'il échappe aux personnes qui savent très-bien leur langue, de ces mots et de ces pages qui, comme les Lettres de Madame de Sévigné, ou les Fables de Lafontaine, vont plus infailliblement à l'immortalité que les ouvrages à grandes prétentions.

On ne conçoit pas comment les femmes Suisses, souvent douées de tant de charmes, s'avisent d'apprendre la musique, avant d'avoir épuré les sons discordants de leur langage. Il faudroit pour y parvenir ne pas craindre d'étudier son patois, afin de trouver une ligne de démarcation entre l'accent des deux allemands.

J'ai regret à tous les vieux langages (1); je voudrois savoir celui de mes ancêtres; mais apprendre une langue, c'est s'en occuper. Un homme de beaucoup d'esprit vient de publier un recueil de chansons écrites en allemand Bernois; je crois que c'est le premier livre qui ait paru dans cette langue. On parle patois dans les conseils de la Suisse allemande ; il vaudroit donc la peine de savoir cette langue. Je ne doute pas que de la bien parler ne donnât plus d'avantage et de supériorité dans les conseils qu'on ne pense. Vous voyez dans les

---

(1) On sait que les patois ne sont que le vieux langage fixé au point où la civilisation est restée stationaire. L'usage de la langue françoise dans les classes supérieures de l'Allemagne, a sans doute arrêté les progrès de la langue allemande. Le mouvement de la civilisation s'étoit porté sur la langue françoise, comme nous l'avons vu par l'exemple du Grand Fréderic, ce qui devoit retarder les progrès de la langue nationale.

harangues rapportées par Frickhart (1), ce que cette langue un peu arrangée peut devenir dans la bouche des Bernois.

Il y a cinquante ans que j'entends dire en Suisse, que d'apprendre un peu de latin aide à bien parler sa langue. Fondé sur ce mauvais adage, on se contente de mal apprendre le latin, sous le prétexte que le peu qu'on en peut savoir, sert à bien parler sa propre langue, que personne ne s'avise d'apprendre directement. Et cependant ces Romains qu'on étudie sans cesse, disent dans leurs meilleurs ouvrages : « *apprenez votre langue.* » Il y a deux cents ans

_____

(1) Je ne sais si la forme républicaine, loin d'être un moyen de perfectionner la langue parlée, n'est pas plutôt un obstacle à son développement. Quiconque, dans les conseils de Berne (comme dans ceux de Venise et de Gênes), eût parlé le beau langage des livres, eût paru ridicule, ou n'eût pas été entendu. La forme républicaine sert au développement de l'esprit national, ce qui est toujours un bien; mais en obligeant l'homme qui pense, à s'exprimer dans la langue de l'homme qui ne pense pas, elle retarde les progrès naturels du langage.

que les Suisses vivent avec les Latins, sans avoir compris que les préceptes de Cicéron et de Quintilien, adressés aux Allemands, signifient : « apprenez l'allemand. »

C'est par le langage qu'on apprend à penser, surtout à développer sa pensée. Sans un bon langage, ce qu'on appelle *esprit*, devient fatigant et de mauvais goût ; le sentiment même ennuyeroit à la longue, s'il ne réussissoit pas quelquefois à se créer un langage toujours bon quand c'est le cœur qui le parle. Qu'on traduise en mauvais françois les Lettres de Madame de Sévigné ; l'on sera bientôt fatigué par l'expression continuellement répétée de sa tendresse pour sa fille, qui dans la langue de cette femme unique nous semble toujours neuve.

Les charmes de l'esprit sans un bon langage sont perdus pour la société. Dans la conversation ordinaire, les hommes ne se touchent que par des nuances de sentiments, impossibles à être exprimés dans une langue informe et grossière. L'à-propos, qui fait tout le mérite de la parole, manque toujours aux personnes qui savent mal leur langue. Tout récit devient insupportable dans la bouche

d'un homme qui parle mal. La bonne plaisanterie, qui ne porte le plus souvent que
sur des nuances d'idées ou de sentiments,
et tient à l'expression qu'on lui donne, ne
peut naître sous le pinceau grossier d'une
langue mal formée. De l'impossibilité d'exprimer la gaîté par la parole, sont nés ces
gros rires et cette pantomime bouffonne
que nous voyons chez le peuple lorsqu'il
est en joie.

C'est par la langue polie qu'une nation
participe aux progrès des lumières. Voyez
le culte que tous les siècles et toutes les
nations policées ont rendu aux Athéniens,
culte que, de nos jours encore, on rend au
sol même qui les a portés. Lorsque Athènes
eut perdu sa liberté, la splendeur de son
nom la protégeoit encore, et le souvenir
de sa gloire sembloit la consoler de son
abaissement. Tous ces avantages, Athènes
les devoit à sa langue.

Je sais qu'on donne quelques leçons d'allemand dans les écoles de la plupart des
villes de la Suisse allemande, mais cela
n'est point suffisant. Tant que les mères
ignoreront la langue que les enfants doivent

parler, l'allemand sera toujours une langue morte pour les Suisses. Un théâtre allemand seroit un bon moyen d'apprendre la langue.

Il y a, dans l'art d'enseigner les langues, une remarque importante à faire. Lorsqu'on apprend une langue étrangère, l'esprit ne passe jamais directement de l'idée à la langue étrangère, mais va de l'idée à la langue qui nous est la plus familière, et de là seulement à la langue apprise ; de manière que tout ce qu'on dit et écrit dans une langue étrangère, nous arrive toujours traduit de notre propre langue. C'est une opération que nous faisons sans nous en douter ; de là vient que les fautes contre le bon langage portent toujours l'empreinte du moule de la langue qui nous est familière.

Pour passer de son patois à la langue polie, il faudroit donc *connoître par principes* les rapports entre les deux langues, rapports difficiles à distinguer, par cela même que les deux langues se ressemblent. Plus on jettera de jour sur les différences des deux langages, plus on indiquera clairement les lignes de leur démarcation, et plus l'étude de l'une et de l'autre deviendra facile. En passant à l'étude de la langue cultivée , sans savoir auparavant les règles de son propre idiome , on sera toujours, dans ce passage, induit par son patois, à faire des fautes contre la pureté de la langue; tandis que lorsqu'on saura nettement les différences des deux langues, on évitera les idiotismes.

Cette règle est applicable à toutes les personnes qui veulent se débarrasser de leur patois. C'est toujours par la connoissance de son propre idiome, qu'on arrivera à la connoissance de la langue développée. Ces différences, lorsqu'on les apprend par principes, sont moins nombreuses qu'on ne pense. La méthode que je propose auroit deux avantages : elle rendroit facile la connoissance de la langue cultivée; et la connoissance approfondie de tous les patois serviroit à enrichir la langue développée, qui a toujours ses racines dans les idiomes dont elle est née. Et d'ailleurs, n'est-il pas bon de savoir ce que l'on dit quand on parle même son patois.

Une méthode semblable serviroit à se donner une bonne prononciation ; ce ne

seroit qu'après avoir réduit les sons dans
leurs éléments, après les avoir distingués
et classés entr'eux, qu'on cesseroit de mêler
l'accent des siècles grossiers à l'accent d'un
siècle cultivé.

La connoissance de la langue cultivée,
élève l'homme qui pense, à la hauteur de la
nation même qui a développé cette langue.
Parler bien, suppose une habitude d'attention qui se porte sur la pensée même;
il y a plus, le goût des lettres ne sauroit
être bien vif sans inspirer le désir d'écrire
soi-même; et si les moyens d'écrire n'exis-
toient pas, le goût des lettres ne pourroit
naître ou s'éteindroit bientôt.

Je connois peu de pays où il y ait plus
de talents naturels qu'en Suisse, et surtout
à Berne. Les Suisses, en cultivant la langue
allemande, s'élèveroient bientôt au niveau
de leurs maîtres. En croyant n'apprendre
que la langue, ils feroient la plus belle des
conquêtes, celle de leurs propres talents
et de leur esprit, perdus maintenant par
l'ignorance de la langue cultivée.

———————

CHAPITRE XV.

Amour.

=

On est étonné de voir combien, dans le Midi, l'amour donne d'esprit aux personnes les plus dénuées d'idées. Une Italienne qui aime est inépuisable en sentiments divers, tous subordonnés au sentiment suprême qui la domine. Ses idées, qui se succèdent avec une prodigieuse rapidité, produisent des feux brillants et variés, qui n'ont pour aliment que le cœur même. Cette femme a-t-elle cessé d'aimer, son esprit n'est plus que la scorie de la lave qui la veille avoit jeté tant d'éclat (1).

---

(1) Le cœur a la nourriture dans l'esprit ; il s'épuise faute d'idées, et il faut bien se dire qu'il n'y a pas d'amour constant pour les âmes vides.

Dans le Midi, l'amour s'adresse aux sens, et arrive par là même à l'inconstance. Dans le Nord, il porte à la rêverie, et fait souvent la destinée d'une vie tout entière. Chez des personnes de cette trempe on n'arrive aux sens qu'après avoir séduit la raison. Ce n'est que peu à peu que la même pensée cède à cet empire mystérieux et infaillible, que la sensibilité exerce sur les idées. La règle du devoir reste toujours la même, mais l'application de la règle ne se trouve plus. De là tant de beaux raisonnements que l'on se plaît à faire quand on aime, dont le résultat est toujours de céder à son goût. De là cette foule de romans allemands, françois et anglais, dont l'amour et la morale font presque tous les frais, tandis qu'on ne voit rien de tel en Italie. Je ne parle pas des romans de chevalerie, où l'amour ne doit jouer qu'un rôle secondaire. Mais voyez les romans tirés du grec; comparez-les à l'Héloïse de Jean-Jaques, et vous sentirez la différence des deux genres mieux que je ne pourrois le dire. Voulez-vous une opposition plus saillante encore, comparez Gessner à Théocrite. Voyez chez la jeune fille de

Syracuse, l'amour incendier instantanément tous les sens, tandis que l'amante du premier navigateur de Gessner ne découvre en elle le sentiment de l'amour que par des inductions et des raisonnements tirés de l'histoire des oiseaux. Dans le Midi, l'amour embrase tout à la fois, comme la foudre. Quand, par instants, il répand du jour sur la pensée, c'est comme l'éclair qui dans la nuit de l'orage colore tout l'horizon. Si dans le Nord l'amour arrive jusqu'à la jouissance, c'est toujours par une foule de raisonnements qu'il parvient aux sens. Chez les âmes rêveuses, la fleur si délicate du plaisir ne peut éclore qu'à l'ombre de la pensée.

De l'alliance de l'amour avec la vanité est née la coquetterie. Ce composé singulier ne se trouve parfait qu'en France, où la grande sociabilité produit l'ambition de plaire par tous les moyens qui procurent de la distinction. Les Italiennes aiment trop vivement pour allier à l'amour quelqu'autre sentiment que lui-même. Les Angloises sont trop fières, pour demander à autrui ce qu'elles doivent penser d'elles-mêmes. Les Allemandes

(1) ont trop de vérité, trop de naïveté dans le sentiment, ou trop de raison, pour allier l'amour avec la vanité.

Quand le désir de plaire se trouve excité par un peu d'amour, l'art de plaire arrive à cette perfection qui caractérise peut-être encore les sociétés de Paris. Ce n'est qu'en France qu'on cherche à conquérir ce qu'on aime, par les agréments qu'on fait briller dans la société. Il y a des sentiments harmoniques, comme il y a des sons harmoniques. On éprouve je ne sais quel enivrement à voir que ce que l'on aime plait à tout ce qui nous entoure. Le monde alors devient un temple, où tout respire l'encens adressé à l'objet de notre choix.

L'art de plaire, comme tous les beaux arts, n'arrive à quelque perfection que par le sentiment qui nous meut et nous anime. Rien, ce me semble, ne rend plus aimable, qu'un peu d'amour; et les hommes doués d'esprit et de goût, n'arrivent ja-

(1) Le mot *coquetterie* a pris, en Allemagne, une acception tout à fait odieuse, celle d'une galanterie effrontée.

mais plus infailliblement à l'art de plaire,
que lorsque, entraînés par ce sentiment, ils
cherchent à attirer les regards de ce qu'ils aiment, par leurs succès dans la société. Qu'on
parcoure tous les motifs, c'est-à-dire, tous
les sentiments qui nous donnent le désir de
plaire, et l'on verra que le plaisir que l'on fait
éprouver est toujours en rapport avec le sentiment qui nous anime. Plaire par amour-propre, ou par vanité, c'est faire de la fausse monnoie, puisqu'on ne donne jamais le sentiment
que l'on promet. L'ambition, lorsqu'elle
cherche à plaire, est plus fausse encore que
la vanité; la simple bienveillance est froide,
la politesse ne dit rien à l'âme, ses produits
ne sont le plus souvent que négatifs.

Le véritable charme, dans sa première
origine, n'a pu naître que d'un sentiment
aimant. Mais quel sentiment l'est plus que
l'amour qui seul sait réunir toutes les puissances de la sensibilité? C'est à l'habitude
d'aimer à donner aux manières ces formes
aimables à la fois et aimantes qui nous ravis-
sent, et que nul sentiment plus foible que
l'amour ne sauroit remplacer.

L'habitude d'exprimer la bienveillance,

née de quelque sentiment d'amour, se répand ensuite, comme un parfum bienfaisant, sur la vie tout entière.

L'amitié aussi à du charme; elle aussi est artiste; elle aussi crée des formes agréables; mais privée de la puissance des sensations, elle a moins de moyens que l'amour.

La coquetterie qui rend aimable, suppose un mélange d'amour et de vanité, qui fait qu'un de ces sentiments anime l'autre sans l'absorber. Trop d'amour feroit négliger de plaire à ce qui n'est pas l'objet aimé; et le désir de plaire qui ne seroit animé que par l'amour-propre seroit sec et stérile.

Rien ne déshonore le nom d'amour comme l'opinion de quelques matérialistes qui réduisent le plus noble mouvement de l'âme à une simple jouissance physique.

Les opinions suivent les mœurs, et les mœurs forment les opinions. L'âme innocente et pure conçoit l'amour comme un sentiment; chez les âmes corrompues, c'est un besoin physique. Tous ont raison, chacun parle sa langue; l'un tient le langage de l'homme dégradé, qui a renoncé à la dignité d'être sentant; l'autre parle le langage de la nature qui en a conservé toute la dignité.

Il n'y a pas de mot plus souvent prononcé que celui d'amour. Que n'a-t-on pas dit et bavardé sur ce sujet ! et cependant, il n'y en a point de plus mystérieux. Ne semble-t-il pas que nos connoissances soient en raison de l'éloignement de leur objet à nous, de manière que ce qui nous touche de plus près est ce que nous connoissons le moins. Nous mesurons la marche des cieux, et nous ne savons pas comment nous aimons.

Sans doute que nos sentiments ont leur premier éveil dans les besoins physiques ; nous avons tous commencé par l'animalité. Mais ce qui constitue la dignité de l'homme, c'est que dans ses développements il s'est partout élevé du matériel à l'immatériel. Voilà pourquoi sa dégradation consiste a descendre de sa dignité d'être sentant et pensant à l'état d'animalité, dont la civilisation et les lumières l'avoient fait sortir. Voyez les siècles les plus corrompus de Rome et de la France, et vous verrez l'idée qu'on s'étoit formé de l'amour se dégrader avec les mœurs, et la théorie énoncer de partout ce qu'on pratiquoit de partout.

La question sur la dignité de l'amour se

réduit à savoir : si l'on doit honorer de ce
nom l'appel du sens que nous avons de
commun avec les animaux, même avec l'insecte; ou si le sentiment que tous les peuples civilisés proclament amour, n'est pas
le premier excitateur du sens moral, et le
mobile de toutes les vertus.

Il y a un idéal en morale, comme dans
les beaux arts; cet idéal, c'est la nature
dans sa forme originelle; c'est le sentiment
froissé par rien ; c'est l'homme sensible
que le souffle d'aucun vice n'a pu atteindre;
c'est le jeune homme, en un mot, sorti de
l'enfance, comme la rose d'un beau jour
sort de son calice. Tel est l'homme de la
nature. Le premier crépuscule de l'amour
vient-il à poindre dans cette âme, le jeune
cœur ne verra chez tous les hommes que
bienveillance et vertu. Son âme sera pleine
des plus nobles sentiments; est-il artiste, il
sera créateur de la beauté, comme il l'est
de ce qui est moral et bon.

Qu'appelez-vous innocence et pudeur,
si ce n'est le sentiment inné dans les deux
sexes, qui repousse tout amour qui ne
vient pas de l'âme, qui ne s'annonce pas

par les vertus sans lesquelles la nature ne
veut pas que nous soyons père ni mère. Je
le demande à toute âme honnête, si dans
l'ordre des sentiments que l'amour nous fait
éprouver, les besoins du cœur, celui de
trouver des vertus dans l'objet aimé, ne va
pas avant tous les autres. Je dis plus, ce
que les âmes déshonnêtes appellent exclusivement amour, est, dans un cœur bien
épris, le sentiment le plus repoussant, quand
ce n'est pas l'âme qui le donne.

Que de mystères dans le grand mystère
qui nous fait arriver à la vie ! Ne voyons-
nous pas dans l'histoire du cœur humain,
que la nature y a tout préparé pour produire, non l'homme animal, mais l'homme
moral, mais l'être composé d'un corps et
d'une âme, l'homme, en un mot, fait pour
sentir et penser, fait pour s'élever à de plus
hautes destinées que celles d'une première
vie.

De 'lopinion qu'on se forme de l'amour
dépend l'estime qu'on a pour les femmes.
Voyez chez la nation la plus avilie par
la sensualité, chez les Turcs, le mépris
que l'on a pour l'être infortuné fait pour

devenir esclave et mère. J'ai vu un temps
où en France on étoit tout disposé à penser comme les Musulmans. Heureusement
que les temps sont changés.

N'est-il pas digne de remarque que jamais on n'a eu moins d'estime pour les femmes, que dans le temps où on leur débitoit
les phrases les plus exagérées et les plus res-
pectueuses; tant la flatterie s'allie au mépris dans la cour des rois, comme dans les
boudoirs des belles.

CHAPITRE XVI.

Cicisbéisme.

=

La galanterie a introduit en Italie une espèce de mariage illégitime, appelé *cicisbéisme*, qui est bien moins le résultat de
l'amour, que de l'oisiveté des deux sexes.
Dans un pays dominé par l'imagination,
les hommes recherchent le commerce des
femmes ; et surtout les cadets de famille,
exclus par les majorats, des moyens de
s'avancer dans une carrière convenable à
leurs préjugés, passent leur vie à partager
l'oisiveté de quelque femme mariée. Il en
arrive que toute la société présente le singulier spectacle de femmes vivant en apparence très-régulièrement avec des maris
qu'elles se sont donnés après le mariage.

Les maux qui résultent de cet ordre per-
verti ne sont pas là où on les cherche

8

d'abord, et la galanterie des femmes est le moindre inconvénient du sigisbéisme. Le grand mal qui en résulte est celui de n'avoir plus de famille. Comme le mari légitime (1) n'a jamais que des enfants illégitimes, il ne sauroit les aimer. Les mères, possédant le secret d'employer toutes leurs heures à l'amour, connoissent à peine leurs enfants. De là une négligence dans l'éducation et dans le soin de sa fortune, qui menace d'une ruine prochaine toutes les familles nobles qui ne sont plus soutenues par la loi des majorats.

La source du mal est dans la mauvaise éducation des femmes, je ne dirai pas seulement de l'Italie, mais de tout le Midi de l'Europe. L'éducation monacale qu'on leur

_____

(1) Il y a cependant des femmes en Italie qui ne veulent avoir des enfants que de leurs maris. En parlant à un ecclésiastique, d'une dame très-galante qui avoit un mari un peu imbécille, je lui dis: « Du moins ses enfants auront-ils de l'esprit. » — « Je ne le crois pas, me répondit-il, *perchè non pianta mai che col marito.* » Cette subtilité morale, eût-elle jamais pu naître dans le Nord? Dans le Midi elle est très-commune; sans doute qu'elle est de l'invention de quelque confesseur jésuite.

donne est la plus mauvaise de toutes. Une dame françoise m'a raconté, qu'arrivée dans son enfance au couvent où elle alloit être élevée, les religieuses lui ôtèrent tous les livres choisis que ses parents lui avoient donnés, pour ne lui laisser que le livre des offices qu'elle récitoit en latin, sans savoir un mot de cette langue.

Otez aux hommes la faculté de réfléchir en leur fermant toutes les avenues de l'esprit et des connoissances, et vous verrez leur attention se porter habituellement sur les sens. Il en arrivera que l'âme, résidant, pour ainsi dire, dans les organes, toutes les sensations en seront plus impérieuses et plus vives. Je me souviens qu'étant au Capitole, dans la chambre d'une jeune demoiselle que je voyois pour la première, je lui dis: « Cette belle vue doit vous faire un grand plaisir. » Elle me répondit avec naïveté : « Oh ! j'aime bien mieux cette » fenêtre (elle donnoit sur une ruelle) où je » vois quelquefois passer des jeunes gens. »

On m'a fait voir, dans quelques églises de Rome, des tableaux célèbres où des religieuses avoient pratiqué de petits trous, pour y voir les hommes qui venoient rendre hommage aux tableaux de leur église. Des femmes qui avoient vécu dans ces couvents, m'ont raconté que tel jeune homme qui n'avoit fait que passer, devenoit pour telle religieuse l'objet d'une passion violente. Les éducations religieuses, ne portant jamais que sur l'imagination, sans donner aucune lumière à l'esprit, enflamment le désir d'un bonheur exalté. Ce bonheur placé dans le sentiment, quel seroit-il dans un jeune cœur, si ce n'est celui de l'amour ? Les figures des anges, celle de Jésus, ne sont-elles pas les plus belles du monde. Qu'y a-t-il de plus beau que le Christ d'Angelica Kauffmann, si ce n'est la Samaritaine qu'il enseigne ?

Opposez à ces beaux temples d'Italie les [...]es du Nord, où, entre quatre mu[...]es blanches ou sales, souvent par un froid affreux, on prêche la morale la plus austère, quelquefois si bien développée qu'elle commande toute l'attention, et attache l'esprit par toutes les puissances de de la réflexion et d'un sentiment soumis aux principes. Au lieu de voir passer de jolis garçons sous les fenêtres de la maison paternelle, la jeune fille du Nord n'y voit

que la neige , et dans la chambre , elle
n'entend que sa mère qui lui parle d'économie , de devoir , de morale et de bonheur
fondé sur la vertu. La douleur de l'ennui
force les hommes enfermés autour de leurs
poêles , à lire , à penser , à s'aimer , à s'occuper des choses utiles. Dans une pareille
vie , les objets de séduction ne viennent jamais frapper les sens ; l'attention , au lieu
d'être à la fenêtre , se porte sur le petit
cercle qui l'entoure ; enfin , épuisée par le
peu d'objets qui l'occupent , elle se replie
sur elle-même. Dans le Midi , au contraire,
la variété des objets tient les organes de la
sensation dans une excitation et une activité perpétuelle. Dans le Nord , ils se paralysent par le peu d'attraits que les ob
extérieurs leur présentent (1).

---

(1) Ce qu'on a dit du cicisbéisme dans ce chapitre
n'existe plus depuis la grande époque de la révolution françoise , qui a tout changé en Europe. Il y a
vingt-cinq à trente ans que tous les regards ne se portent que vers la chose publique , qui a fait oublier
tout ce qui n'est pas elle. Peut-être que lorsque cette
chose aura entièrement disparu, on verra les mêmes
causes reproduire des effets semblables.

CHAPITRE XVII.

Amitié.

=

J'AI quelquefois entendu reprocher aux Italiens d'avoir de la fausseté dans le caractère; mais ces Italiens étoient jugés par des hommes du Nord, qui ont bien de la peine à comprendre les hommes du Midi, comme ceux-ci en ont à comprendre les hommes du Nord. Il y a dans le caractère des hommes à imagination une mobilité qui, aux yeux de l'homme réfléchi, présente quelquefois l'apparence de la fausseté. L'Italien, par un sentiment de bienveillance, en vous abordant, vous aura fait, dans le langage exagéré de son pays, des protestations d'amitié, que vous aurez prises à la lettre; est-ce sa faute à lui si vous ne connoissez pas la valeur de son langage?

Règle générale : Les hommes à imagina-

tion sont toujours des énigmes pour ceux
qui n'ent ont pas. Les deux facultés qui composent l'être sentant et pensant, l'imagina-
et l'intelligence, sont si opposées dans leurs
opérations, que selon que l'une ou l'autre
domine, le caractère en est changé.

L'amitié, par exemple, prend des formes
toutes différentes, chez l'homme réfléchi,
que chez l'homme à imagination. Chez
l'homme réfléchi, elle se manifeste en procédés; chez l'homme à imagination elle est
riche en jouissances vives, mais souvent
passagères. Tout ce qui choque les principes, blesse profondément l'homme réfléchi,
comme certains accents discordants de l'âme
blessent irrévocablement le cœur de l'homme sensible.

C'est une chose remarquable de vo
silence qui, en Angleterre, règne quel
fois dans la société de personnes unies p
la plus solide amitié. Dans ces climats brumeux, le sentiment et la pensée, toujours
concentrés en eux-mêmes, semblent se
passer de la parole. Il y a dans l'amitié à
principes un calme, un repos né de la cer-
titude d'être aimé, qui semble transformer

le sentiment en contemplation. Cette méta-
morphose changeroit bientôt l'amitié même
en un simple traité, si des causes acciden-
telles ne venoient la ranimer.

Dans les républiques, les hommes, sans
cesse froissés ou électrisés par l'esprit
de parti, ont sans cesse besoin d'être ai-
dés l'un par l'autre. Ce besoin continuel
d'être soutenu dans l'attaque ou dans la défense, ranime singulièrement tous les sentiments de bienveillance, et fait de l'amitié
un lien d'autant plus sacré, qu'il semble tenir à la chose publique, et à tous les intérêts les plus chers à l'homme qui pense.

Je ne sais si, en Angleterre ou en Amérique, il se trouve des amis entre hommes
de partis différents; mais une telle amitié
est mise à tant d'épreuves, qu'elle ne
sauroit se maintenir que chez des hommes
d'une rare vertu.

Chez une nation éminemment sociable, il
y auroit des amitiés de convenance qui rem-
placeroient les amitiés politiques que Cicéron appelle *amicitiæ forenses*. Ces *liaisons
de société* ont, en France, tous les dehors de
l'amitié; chez les âmes communes, elles

remplacent l'amitié; elles la développent réellement chez les personnes dignes de ce sentiment, si commun en apparence, et si rare en réalité.

Ces amitiés de convenance ne se trouvent déjà plus dans le Midi. En Italie, par exemple, elles sont nulles entre les femmes. Il semble que dans le Midi le cœur se trouve si près des sens, que, dans les républiques de l'ancienne Grèce, l'amitié même prenoit trop souvent le caractère de l'amour.

Si on classoit l'amitié d'après les nations, je dirois que l'amitié fondée sur la raison est parfaite en Angleterre, comme l'amitié fondée sur l'imagination est parfaite en France. L'Allemagne semble tenir le milieu entre ces deux nations. L'amitié, souvent aussi vive en Allemagne qu'en France, y est moins forte qu'en Angleterre, où elle est sans cesse ranimée par l'esprit de parti, et élevée au rang des vertus par les grands intérêts auxquels elle se lie. Dans le Midi, l'amour absorbe tellement les facultés aimantes, que l'amitié ne s'y rencontre que rarement. Semblable aux plantes exotiques, elle languit dans ces climats, à moins qu'une grande culture de l'esprit, ou des circonstances heureuses, ne viennent la ranimer.

Je dirai un mot de l'amitié de l'homme à imagination.

Chez l'homme à imagination, c'est le sentiment qui précède la pensée ; chez l'homme réfléchi, c'est la pensée qui va en avant du sentiment.

Nous avons une logique des idées, nous connoissons les lois de l'analyse, de la synthèse, etc. On peut décomposer des rapports compliqués, et parvenir par ce moyen à des éléments d'idées ou plutôt de rapports. Tout cela ne se peut point encore dans le domaine de la sensibilité. La théorie des sentiments est si peu connue, que quoique dans le langage journalier on parle sans cesse de *sentiment*, c'est toujours sans y rien comprendre (1).

_____

(1) Les rapports entre les idées se développent, pour ainsi dire, par évolution. L'idée du triangle *contient* en elle-même les rapports presque infinis entre les triangles ; mais la pensée d'un *sentiment* ne développe point de rapports contenus dans ce sentiment. On ne peut étudier l'effet d'un sentiment sur

J'ai vu les amitiés les plus solides naître instantanément, et durer autant que les liaisons les plus réfléchies. C'est que le cœur a un tact pour le sentiment profond, comme le génie en a pour les conceptions profondes.

L'adage qu'il faut se connoître pour s'aimer, me semble bon à dire aux hommes incapables d'éprouver ces amitiés fondées sur les rapports intimes et directs d'âme à âme. L'amitié de ces âmes communes se

---

un autre sentiment que comme en musique on étudie l'effet d'un son sur un autre son.

Pour connoître les sentiments, il faut un esprit d'observation capable de suivre rapidement des effets fugitifs. Cet esprit n'est presque jamais donné aux grands penseurs, habituellement dominés par la faculté de l'intelligence. Les géomètres, par exemple, en raisonnant sur des données, contractent souvent une tenacité d'idées incompatible avec l'art d'observer l'état moral de l'homme.

Le mouvement de la réflexion est tellement opposé au mouvement de l'imagination, qu'ils s'excluent mutuellement. Il faut, pour penser avec suite, que le mouvement de l'imagination soit éteint. Nous sentons de même que, lorsqu'on passe de la pensée profonde sur le terrain de l'imagination, l'esprit prend une autre direction et une allure différente.

fonde le plus souvent sur des rapports de goûts semblables, ou d'une même oisiveté. Nos sentiments sont mystérieux comme la musique. Qui nous dira comment des torrents d'harmonie peuvent découler de tel ou tel sentiment appelé avec raison *motif?* Il y a de même dans nos sentiments moraux des rapports profonds, que le hasard fait trouver et que l'inspiration développe; c'est de ces rapports que découlent les amitiés vives et quelquefois durables des hommes à imagination. C'est sans doute de ces amitiés que la Bruyère a dit : « Il y a un goût dans la pure amitié où ne peuvent atteindre ceux qui sont nés médiocres. »

Les liaisons entre les deux sexes produisent des amitiés d'un caractère particulier.

Tout ce qui en amour survit aux sens peut s'appeler amitié. Chez les sauvages, l'amour n'est qu'un désir plus passager que l'amour chez la plupart des oiseaux. Mais à mesure que la culture de l'esprit fait des progrès, l'amour devient de plus en plus le lien d'une amitié vive et durable. Dans l'amitié née de l'amour, ce premier éveil du cœur vient de la nature; c'est la nature même qui fait retentir dans deux âmes tous les sons harmoniques qui, sans ce premier appel, seroient restés muets. C'est ce premier éveil de l'âme qui semble décider du caractère. Rien n'élève ou ne dégrade l'être moral comme un premier amour ; il seroit le premier moyen de l'éducation de l'adolescent, si l'on savoit en faire usage. Éveil du cœur, éveil de l'esprit, éveil de tous les sentiments sociaux, éveil de ce besoin de bonheur qui nous fait faire tant de choses pour nous et pour les autres, tout se trouve à la fois dans ce premier amour sans lequel l'homme ne peut achever de naître.

L'amitié entre homme et femme n'existe pas dans le Midi, parce qu'elle y prend trop vite le caractère de l'amour. Elle est bien plus rare dans le Nord, qu'elle ne l'est en France. Il n'y a pas dans le Nord ce parfum d'amour qui rend l'amitié entre les deux sexes toujours si douce. Lors même qu'on n'a pas de pensées d'amour, les souvenirs qu'il a laissés dans l'âme enflamment toujours assez pour aimer les rapports harmoniques dont se compose l'amitié entre les deux sexes.

L'amitié entre les deux sexes n'est parfaite qu'en France. Le François, toujours accessible, à la fois, et par le cœur et par l'esprit, a toutes les avenues de l'âme toujours ouvertes. On lui plaît par l'esprit, on lui plaît par le cœur. Le sentiment qui, dans le Midi, deviendroit de l'amour, n'est pas toujours assez vif en France pour dépasser l'amitié. Dans le Nord, l'amour, après quelques écarts, se renferme dans le devoir. Le François seul est toujours assez électrique pour donner des étincelles lorsqu'une femme le touche, soit par l'esprit, soit par le cœur. De ce caractère aimable naissent des mœurs éminemment sociables qui, à leur tour, renforcent ce caractère.

Dans le Midi, on est trop long-temps jeune; dans le Nord, on est trop tôt vieux ; le François seul, et quelquefois l'Allemand, placés par le climat entre les deux âges, semblent jouir de tous les deux.

Les beaux siècles de Rome et de l'ancienne Grèce étoient ceux de l'amitié. La forme républicaine, le besoin que, dans les républiques, on a de tous ses concitoyens, en faisant naître le désir d'être aimé, dé-

veloppe ces sentiments de bienveillance ,
qu'on finit par éprouver réellement, après
avoir commencé par les feindre. Il en est
de l'amitié comme Ovide a dit de l'amour :

Sæpè lamen verè finxit simulator amare.

Dans les aristocraties , l'ambition est un
mal nécessaire, parce que , dans ces four-
milières, tous les hommes qu'on n'a pas
au-dessous de soi, on les a sur sa tête. On
ne peut y éprouver le sentiment de l'égalité que lorsqu'on est tout au haut de la
fourmilière. Ce besoin continuel de s'élever
sur les autres, ou de se défendre de ceux
qui s'élèvent sur nous, développe singulièrement tous les sentiments capables de
consolider le parti par lequel on peut
monter.

La forme républicaine, en éloignant les
hommes du commerce habituel des femmes,
étoit une des causes qui, chez les anciens,
rendoient l'amitié plus commune entre les
hommes qu'elle ne peut l'être dans nos
mœurs modernes.

* * *

Les prodigieux changements opérés par la révolution, en portant l'attention de tous les hommes sur les intérêts nationaux, obligent les femmes à s'occuper de leurs familles plus qu'elles ne faisoient dans l'ancien état des choses; les mœurs domestiques y gagnent, tandis que tout ce qu'on est convenu d'appeler société y perd pour le moment (1).

---

(1) Dans les pays à bonnes mœurs les femmes semblent quelquefois avoir perdu le désir de plaire, comme si ce désir ne pouvoit porter que sur ce que les mœurs leur défendent. La société est comme le sol, elle donne tout ce qu'on y cultive à propos. Ses dons sont immenses quand on sait les produire : mais elle n'a que des ronces pour qui la néglige.

En partant du principe que nul homme n'est indifférent à l'homme, que chacun est un son, une touche du grand clavier social, qui ne seroit tenté d'y produire des sons harmonieux, quand ce ne seroit que pour échapper aux dissonances et aux douleurs qui atteignent tout homme qui s'abandonne lui-même.

Il faut bien se dire que rien n'est indifférent pour l'être sensible; que, vivant en société, nous sommes, sans le savoir, toujours sur la route de l'amitié ou de la haine, du plaisir ou de la douleur, de l'esprit ou de la bêtise, et que jamais nous ne

Peut-être qu'un plus haut degré de civilisation, en réunissant les devoirs obligés de la famille aux devoirs non obligés de la société, réuniroit les vertus domestiques aux vertus sociales plus importantes et par conséquent plus obligatoires qu'on ne pense.

Le développement matériel de tout ce qui a un avenir suppose une harmonie entre les éléments qui les fait concourir tous à une destinée finale. Il n'en est pas autrement en morale, où le plaisir n'est un mal que quand il est déplacé. Dans l'idée d'un développement complet de l'homme social, on conçoit que nos affections ne seroient jamais déplacées et qu'on arriveroit naturellement à un accord entre nos goûts et nos devoirs, tel, que nos plaisirs, loin de troubler l'ordre social, deviendroient, au contraire, le plus ferme appui de cet ordre. Qui nous dit que nous ne marchons pas vers cette haute destinée ?

---

sommes stationnaires. La nacelle va même quand nous ne ramons pas, mais alors un courant insensible nous entraîne vers des régions de peines et de douleurs.

On est trop porté à regarder comme indifférent ce que nous appelons la société. C'est dans le monde que les mœurs, je dirois presque les lois se forment. Chez les nations très-civilisées, les salons sont des tribunaux redoutables. L'ambitieux et l'avare ne cherchent ce qui procure les distinctions que pour en jouir dans ce qu'on appelle la société. L'homme qui semble la dédaigner, la perd rarement de vue. Qui eut jamais plus de susceptibilité que Rousseau, quand il croyoit mépriser l'opinion d'autrui ? Le jeune homme qui entre dans le monde y devient méchant ou bon, spirituel ou sot, selon les impressions qu'il en reçoit. C'est dans le monde que l'homme de lettres veut plaire, c'est pour le monde qu'il cherche à être éloquent. Les rois même veulent des succès de société. Alexandre ne cherchoit-il pas à plaire aux Athéniens ? Et si la célèbre Athènes vivoit encore, seroit-elle abandonnée à ses bourreaux par le second Alexandre ? Nul homme ne récuse les décisions suprêmes de ce tribunal des nations civilisées, appelé le monde.

Que l'on réfléchisse aux guerres de la

révolution , aux conquêtes des François,
à tous les bouleversements produits dans
cette époque, et l'on sera étonné de l'hu-
manité des rois vainqueurs, arrivés comme
en triomphe dans les murs de Paris, après
tant de guerres cruelles. C'est aux lumières
universellement répandues, c'est à la civilisation émanée de la France, c'est, avouons-
le, aux salons de Paris qu'est due l'huma-
nité de tant de nations victorieuses, con-
tenues et guidées par leurs maîtres.

Ce que j'appelle salon , n'étant que la
concentration de l'opinion dominatrice, se
trouve par là même chez toutes les nations.
Il y a des salons à Schwytz comme à Paris
ou à Londres; partout où il y a encore quelque vie sociale, il se forme des réunions
par la puissance des forces morales qui forment les mœurs et les lois, et font la destinée de presque tous les instants de l'homme
civilisé.

CHAPITRE XVIII.

Courage.

=

Les habitants du Midi seront les plus lâ—
ches, ou les plus courageux des hommes,
selon le motif qu'ils auront de se battre.
S'ils se battent sans goût et sans raison, ils
sentiront les dangers plus vivement que
des Russes ou des Allemands ; mais lorsque
quelque motif les enflamme, ils feront, à dis—
cipline et à tactique égales, ce qu'aucune
nation du Nord ne seroit en état de faire.

Le sentiment du courage d'où naîtroit-il,
si ce n'est de la puissance du motif qui fait
qu'on expose sa vie. Le soldat du Midi est—
il mal conduit, a-t-il un général ignorant
et sans talents, ou se croit-il trahi, il sen—
tira vivement l'incapacité, les vices, ou la
perfidie de son chef. On conçoit que sous
un mauvais ou perfide général, les soldats

qui seront les premiers à sentir qu'ils sont
mal conduits, seront les premiers à se battre
mal. Il y a plus : si les chefs n'ont pas l'esprit d'intéresser les soldats à leur cause
les soldats du Midi seront encore les premiers à se décourager.

La république romaine étoit admirable-
ment organisée pour la victoire. L'amour de
la patrie s'exaltoit à Rome en raison des
dangers de la patrie, de manière que le cou,
rage croissoit avec les revers (1). Jamais
les Romains ne furent plus sublimes qu'a-
près la bataille de Cannes; ce fut après
cette défaite, dans la grande exaltation de
toutes les vertus, que se forma la belle âme
de Scipion.

Depuis César jusqu'à l'histoire moderne,
je ne vois aucune époque dans l'histoire de
l'Italie, faite pour inspirer un grand courage

––––––––––––––––––––––

(1) Tite-Live remarque que les Espagnols déploient,
comme de nos jours, plus de ressources dans les revers que les autres nations. « *Disparem Hispaniam*,
non quam ulla pars terrarum, bello reparando aptior
erat, locorum hominumque ingeniis. » (Lib. 28,
Cap. 12.)

à ses habitants. Pour qui se seroit-on battu ?
Sous quels chefs et pour quels maîtres ? Et
pourquoi, si ce n'est comme Filicaia a dit :

Per servir sempre o vincitrice o vinta ?

Les républiques italiennes du moyen âge,
dignes de faire naître de l'enthousiasme, faisoient souvent la guerre avec des merce-
naires, et se rendoient par là indignes de
la victoire (1). Dans ces républiques mar-
chandes, les vertus militaires, en se sé-
parant des vertus publiques, se perdirent
peu à peu. Chez les Grecs, surtout à Sparte,
et dans l'ancienne Rome, la guerre faisoit
aimer la patrie, et la patrie faisoit aimer
la guerre.

---

(1) *Mai alcuno ordinò alcuna republica o regno,
che non pensassi che quelli medesimi che abitavano
quello, con l'armi l'avessero a defendere. E se i Ve-
neziani fussero stati savi in questo, come in tutti
gli altri loro ordini, egli avrebbero fatti una nuova
monarchia nel mondo; i quali tanto più meritano
biasimo, sendo stati da i loro primi datori di leggi
armati. Ma non avendo dominio in terra, erano armati in mare dove ferono le loro guerre virtuosomente
et con l'armi in mano accrebbero la loro patria, etc.*
(Machiavel, dell'arte della guerra, L. I.)

A discipline égale, tout cédera à l'enthousiasme des peuples du Midi, tandis que,
dans le Nord, le courage, soutenu par la
seule raison, se maintiendra bien au-delà
de la durée d'un premier enthousiasme; c'est
qu'il est de la nature de l'enthousiasme d'ê-
tre passager, et de la nature de la raison
d'être durable.

Il en est de l'esprit militaire des deux climats, comme du produit de la terre. Dans
les pays où la nature semble donner tout,
l'homme se néglige; tandis que lorsque le
climat refuse tout, l'homme supplée à tout.
Dans les plus beaux pays de la terre, des
déserts, la misère, l'abandon de soi-même;
dans les régions des neiges, l'abondance et
le courage prouvent que tout ce qui donne
du prix à la vie, c'est dans l'âme qu'il
faut le chercher, et que la nature refuse
tout à qui ne sait rien demander à soi-
même.

Dans les guerres nationales, le courage
suppose l'amour de son état, et surtout l'a-
mour de sa constitution lorsqu'on en a une.
Dans la dernière guerre que les François ont
faite à la Suisse, quelques cantons déployè-

rent un grand courage à défendre, non la Suisse, mais leurs cantons particuliers. Berne isolée et mutilée a très-bien défendu son aristocratie, et Underwald attaqué isolément, à déployé un courage tout-à-fait antique. Si la Suisse eût aimé sa confédération comme quelques cantons ont aimé leur constitution particulière, elle eût déployé des moyens de défense bien inattendus. Il en étoit de même chez les Grecs, qui, unis entr'eux par de foibles liens, ne se sont jamais défendus en corps de nation, tandis que la gloire de leur défense isolée a fait l'admiration de tous les siècles.

L'Amérique sans constitution, s'est défendue contre la puissance angloise par le sentiment d'un intérêt commun, dont nous avons vu sortir une constitution assez vigoureuse pour réunir la liberté nationale avec l'indépendance de chaque état fédéré.

La première fédération suisse n'a été que temporaire et occasionnelle. Aucun intérêt commun universellement senti n'étoit venu donner une âme à cette construction politique faite à la truelle. Jamais la nation en corps n'a eu de guerre à soutenir, et l'u-

nique fois qu'elle a été attaquée en masse, elle
ne s'est défendue que partiellement. L'as-
sociation nouvelle, à peine suffisante pour
faire aller le ménage intérieur, l'est-elle
aujourd'hui pour sa défense commune?

*　　*　　*

Je me souviens que dînant un jour à
Milan au quartier général de l'armée françoise avec plusieurs généraux (Napoléon
étoit à Arcole), on vint à parler de
la manière de se battre des nations de
l'Europe qui avoient fait la guerre contre les
François. Tout le monde convint que la
palme étoit due à quelques régiments de
cavalerie napolitaine, qui s'étoient mieux
battus qu'aucune autre nation.

Vingt et quelques années après, les Napolitains se battirent sans gloire, parce qu'ils
se battirent sans motifs. Je ne crois pas
qu'aucune armée du Nord eût pu essuyer une
défaite pareille à celle de ces Napolitains.
Des hommes méthodiques et réfléchis n'eussent jamais cédé si complètement au sentiment du moment, que ces hommes du
Midi.

Si jamais l'enthousiasme du Midi se trouvoit réuni à une bonne tactique , on verroit renaître des victoires semblables à celles des François.

Dans les guerres prolongées et sous des
chefs habiles, une armée devient une cité
qui manifeste tous les symptômes d'un véritable patriotisme. C'est ce qu'on a vu
sous Frédéric dans la guerre de sept ans,
où les soldats étoient devenus citoyens passionnés de leur camp. Partout où les circonstances ou d'heureux hasards réuni-
ront les hommes dans un sentiment commun , on verra naître l'enthousiasme et l'a-
mour de la gloire.

Nous voyons maintenant chez les Grecs
une terreur commune long-temps prolon-
gée , réunir peu à peu des chefs jaloux et
barbares, et faire naître l'indépendance et
la victoire, chez une nation aussi spirituelle
que malheureuse et opprimée.

———————

CHAPITRE XIX.

Conquêtes.

=

Considérés en corps de nation, nous avons vu les hommes du Nord, chercher dans leurs conquêtes des établissements fixes, et fonder des systèmes de législation tellement conformes au caractère de la nation conquérante (1), qu'il a fallu une révolution inouie dans les annales du monde pour en déraciner les fondements.

Il y a cette grande différence entre les conquêtes des nations du Nord, et celles faites par les hommes du Midi, que les unes étoient nationales, et les autres personnelles. Les peuples du Nord conquirent en corps de nation, et pour le profit de tous; les peuples du Midi, au contraire, ne

(1) La féodalité.

furent que les instruments ou les victimes
des hommes qui les conduisoient à la victoire.

Les conquêtes de Bonaparte étoient personnelles comme celles des rois de l'Orient.
Dans les guerres continuelles qu'il faisoit
naître, il ne pensoit qu'à lui-même. Toujours frappé du sentiment de l'infériorité de
sa naissance, au milieu des antiques dy-
nasties de l'Europe, il n'a jamais cherché
qu'à humilier ses rivaux. Il y a cette grande
différence de lui à Alexandre, qu'Alexandre
dans ses conquêtes voyoit l'établissement
d'un empire digne du disciple d'Aristote, au
lieu que Bonaparte dans ses victoires ne
voyoit jamais que l'établissement de sa personne et de sa famille.

CHAPITRE XX.

Vengeance.

=

Le trait le plus saillant du caractère des habitants du Midi, c'est la soif de la vengeance, remarquable surtout dans les classes inférieures. Cette malheureuse passion n'existe pas dans le Nord, et ce trait de caractère est une des grandes lignes de démarcation entre les deux climats.

J'observe d'abord que la vengeance est une passion inhérente à tous les peuples dominés par l'imagination. Toutes les passions arrêtées dans leur essor, produisent une réaction proportionnée à leur vivacité.

L'habitude de vivre sans cesse dans les objets extérieurs, sans jamais se replier sur soi-même, donne un prodigieux empire à toutes les sensations, et par conséquent, aux passions qu'elles excitent. Dans les pays où

la justice seroit lente, coûteuse, nulle pour
le pauvre, imparfaite pour tous, l'homme
abandonné à lui-même se croiroit rentré
dans les droits d'une défense naturelle. Dans
un tel ordre de choses on arriveroit enfin à
une impunité complète de l'assassinat. C'est
précisément ce qui, avant la révolution,
étoit arrivé dans les Etats du Pape, et dans
le royaume de Naples, où les pauvres s'as-
sassinoient sans que les tribunaux se mê-
lassent beaucoup de leurs querelles.

La soif de la vengeance appartient tellement à l'imagination, que nous la retrouvons
chez toutes les nations sauvages, avec
cette différence que, lorsque les sauvages
se civilisent, ceux du Nord rentrent bien
plus vîte sous l'empire de la raison que
ceux du Midi, qui souvent n'y rentrent jamais complètement. Dans l'ancienne Rome
il n'y avoit pas d'assassinats à la manière des
Romains de nos jours. Je ne crois pas qu'il
y en eut ni en Grèce, ni à Carthage, parce
que la civilisation qui suppose la faculté de
réfléchir, avoit soumis aux lois les passions
contraires à l'existence de la société. L'influence du climat est une cause qui n'a de

force que parce qu'elle agit toujours, comme je l'ai dit plus haut, mais qui cède à toutes les institutions bien combinées que les hommes lui opposent.

L'empire que l'homme irrité exerce sur lui-même, dans le Nord, est tel que, dans les duels qu'il y avoit chez les Norwégiens, on se battoit au couteau à tant de pouces de lame. Chaque combattant tenoit son arme de manière à ne pas faire de plaie plus profonde que la mesure convenue. On m'a assuré, à Copenhague, qu'il n'y avoit pas d'exemple que, dans la chaleur du combat, on eût jamais violé la loi qu'on s'étoit faite, tandis que dans les assassinats d'Italie, c'est toujours au dépourvu qu'on cherche à immoler sa victime.

La durée, je dirois presque l'éternité du ressentiment est un trait de caractère qui distingue les habitants du Midi. On ne fait pas attention dans nos idéologies que la mémoire n'étant que la répétition de ce que nous avons éprouvé, elle a toujours le caractère de la faculté qu'elle représente. La mémoire de l'imagination est passionnée; celle de l'intelligence est calme et réfléchie.

On s'anime au souvenir de ce que l'on n'a fait que sentir ; on se calme, au contraire, à toute pensée qui prend la forme de la réflexion. De là vient que l'homme du Nord, plus accoutumé à réfléchir qu'à sentir, raisonne ses sentiments et se calme peu à peu, en pensant à l'objet de sa colère. Chez lui, le sentiment s'affoiblit à mesure que la réflexion s'en empare. Chez l'habitant du Midi, au contraire, le sentiment, loin de se calmer, s'enflamme à chaque souvenir, de manière que le temps qui appaise l'homme réfléchi, irrite l'homme passionné. Il faut voir dans les mémoires de Benvenuto Cellini, le sentiment presque délicieux qu'il dit avoir éprouvé, en voyant enfin arriver le moment d'assassiner l'objet d'un long ressentiment. Je ne connois rien dans l'histoire, qui dévoile mieux la profondeur du sentiment de la vengeance, que les détails de cet assassinat.

L'imperfection des lois criminelles dans le Midi, est une autre cause de la durée des ressentiments. En Italie, tout semble favoriser l'assassin ; la religion, et dans le Latium les déserts, lui offrent des asiles. Le

goût presque national pour la vengeance
devient un osbtacle à l'établissement de
bonnes lois criminelles, et il n'arrive que
trop souvent que les lois les plus nécessaires
sont les dernières à s'établir.

CHAPITRE XXI.

Les Italiens.

=

Malgré le grand nombre de voyageurs
qui ont parlé de l'Italie, il y a peu de nations plus méconnues que les Italiens. Les
étrangers, semblables aux oies de Sancho-
Pança, s'y suivoient autrefois dans un même
sentier. Ceux qui voyageoient pour leur
plaisir, logeoient dans les mêmes quartiers,
avoient les mêmes ciceroni et les mêmes
laquais de louage. Ces quartiers destinés
aux étrangers étoient entourés des mêmes
fripons et des mêmes friponnes. Il y avoit,

10

dans toutes les villes, des routes battues par où les étrangers arrivoient aux mêmes sociétés.

En Allemagne, en France et dans tout le Nord, la culture de l'esprit est quelquefois dans la noblesse, mais surtout dans ce qu'on appeloit autrefois le tiers-état. En Italie, l'éducation de la noblesse, le plus souvent abandonnée aux laquais et aux moines, étoit tellement mauvaise, que la classe des nobles n'étoit, pas même dans ses manières, supérieure à la classe du peuple. Les exceptions à cette règle étoient nombreuses dans quelques villes. Le peu de personnes des deux sexes qui se trouvoient avoir quelque instruction, prouvoient bien, qu'à éducation égale, il y avoit plus d'esprit et de talent dans le Midi que dans le Nord. Il en est de l'esprit dans les deux climats comme des productions de la terre; le Nord ne peut avoir aucune supériorité sur le Midi que par une supériorité de travail de méthode et de persévérance.

Pour bien voir l'Italie et pour connoître les Italiens, il faudroit sortir quelquefois de ces routes battues, rechercher les sociétés qui ne voient pas les étrangers, parcourir toutes les classes d'hommes, et s'arrêter dans les petites villes.

Dans un séjour que je fis à Bologne, il m'arriva de lire à quelques personnes un chapitre du voyage de Lalande sur le caractère des Bolonois. Mon laquais de louage présent à cette lecture en paroissoit tout glorieux. Je lui demandai ce qui le réjouissoit si fort ? « C'est que c'est moi qui ai dit tout cela », me répondit-il, en me répétant les questions de Lalande, et les réponses qu'il y avoit faites. J'appris par lui que Lalande n'avoit passé que quelques jours à Bologne. Et cependant il parloit des mœurs et du caractère des Bolonais. Voilà comme s'écrivent les voyages.

Il y a des hommes de lettres qui jugent les Italiens d'après l'impression que la lecture de Machiavel leur a faite. Ils jugent la nation même d'après les vices de quelques grands, ou la politique atroce d'un siècle dans lequel de petits ambitieux cherchoient à régner par la ruse et l'astuce bien plus que par les talents. En détaillant les ruses des petits tyrans de son temps, comme un mécanicien démontre une machine, Machiavel en dévoila les ressorts. Mais le tableau qu'il fait de ces tyrans, est le portrait de la tyrannie des foibles, et non celui de la nation italienne en particulier.

L'influence que les grandes villes exercent sur les petites est moindre en Italie qu'elle ne l'est en France, où une grande capitale semble dominer sur tout l'empire. De là vient que les Italiens conservent mieux leur individualité. Passé Rome, il n'y a presque plus d'auberges; on va loger chez des particuliers, qui, sur la plus légère recommandation, reçoivent les étrangers avec une hospitalité et une confiance touchantes. A Palestrina (l'ancienne Preneste), j'arrivai de nuit avec cinq ou six personnes; avant de faire monter le carrosse dans la ville, je me fis annoncer chez le maître de la maison où nous allions loger, et quoique j'eusse oublié ma lettre de recommandation, nous fûmes reçus à merveille par une famille aimable, qui eut la bonté de nous céder l'étage qu'elle occupoit elle-même.

Dans un autre voyage que je fis en Italie, je fus arrêté plusieurs jours par un acci-

dent arrivé à ma chaise de poste, dans une
ville (1) où je n'avois ni connoissance, ni
recommandation. Je n'oublierai jamais qu'un
banquier, que je ne connoissois point, m'of-
frit et me donna tout l'argent dont j'avois
besoin pour me rendre à Rome.

On voit par ces exemples (et j'en pourrois citer bien d'autres), que les Italiens ne
méritent pas le reproche d'être défiants et in-
hospitaliers. Ils sont, comme tous les hommes
à imagination, confiants pour qui sait leur
inspirer de la confiance, et défiants pour qui
leur déplait. Je les ai trouvés souvent plus
désintéressés qu'aucune autre nation à moi
connue ; mais je soupçonne que lorsqu'ils
veulent tromper, ils savent le faire mieux
que des hommes doués de moins de finesse
qu'eux.

J'ai cru remarquer que dans le Nord on
étoit, par un sentiment de bienveillance,
peut-être de curiosité, disposé à une grande
confiance envers les étrangers qui arrivent.
Cette confiance va quelquefois jusqu'à l'a-

(1) **Macerata.**

bandon, et devient dangereuse par la dé-
fiance qui en est la suite.

Dans le Midi, on juge d'après l'impression qu'on reçoit. Dans les pays où les sensations sont moins vives que dans le Midi,
on juge d'après les idées qu'on s'est fait des
choses et des personnes.

Chez les personnes à imagination vive, la
sensation précède les idées; chez les hommes
plus réfléchis que sensibles, les idées vont
en avant des sensations. D'où résulte que les
premiers sont sujets à l'erreur, les autres
aux préventions et aux préjugés. Les hommes à imagination généralisent une idée particulière. Ils disent comme les Italiennes :
tous les hommes laids sont sans mérite; ou
comme les Françoises : cet homme mis en
dépit de la mode est un imbécille. Les
hommes réfléchis, au contraire, *appliquent*
quelquefois sans examen un principe chéri
au premier cas qui se présente. Helvétius
voyoit tous les hommes mus par leur intérêt, comme Mallebranche voyoit tout en
Dieu. Buffon voyoit des molécules organi-
ques, comme les matérialistes de nos jours
voient les idées dans la matière.

Dans le Nord on aime à se livrer à la pré-
vention ; on aime surtout à finir bien vite
l'examen que l'on peut faire soi-même par
ses sens. Il y a chez les âmes rêveuses un
penchant à juger d'après leurs sentiments
ou d'après les idées qu'elles se sont faites,
bien plus que d'après leurs yeux. Il semble
que dans les pays froids la dernière chose
qu'on fait, pour savoir ce qui se passe dans
la rue, c'est de se mettre à la fenêtre, tandis
que la dernière qu'on fait dans le Midi, pour
savoir ce qui se passe dans son intérieur,
c'est de s'en ôter.

———————

CHAPITRE XXII.

Éducation.

=

Sɪ l'on faisoit l'histoire de l'éducation, on verroit l'art d'élever les enfants se développer avec les lumières. Chez les hommes peu éclairés, les parents, dans leur conduite avec leurs enfants, ne suivent qu'un aveugle instinct. L'idée de former des hommes, le courage de subordonner son humeur à des principes, ne peut naître que chez des parents très-éclairés. Chez les nations non civilisées on laisse aux enfants toute leur liberté ; les parents ne les reprennent jamais et ne les punissent que lorsqu'ils sont fâchés contr'eux ; alors ils les battent en raison de la colère qu'ils ont, après quoi ils les gâtent plus que jamais, en les abandonnant à tous les caprices de leur âge.

Il est impossible aux habitants du Nord

de se faire une idée de l'irascibilité que l'on voit quelquefois en Italie, chez les enfants, surtout chez les Napolitains. J'y ai vu un enfant de trois ou quatre ans dans une telle colère, que j'aurois redouté sa morsure comme celle d'une vipère. Aucune colère de nos enfants du Nord ne peut nous donner une idée de tel enfant napolitain, et des sons affreux de ses cris de rage. Mais aussi rien ne peut égaler leur gaîté lorsqu'ils en ont. Je me souviens d'avoir passé à Astura, une heure au bord de la mer, à suivre les jeux de deux enfants calabrois, de huit à neuf ans, arrivés par un vaisseau napolitain. Je les voyois, en petite chemise, jouer entr'eux, tantôt sur le rivage, tantôt avec les vagues de la mer. Les tours et toutes les polissonneries des enfants de nos colléges sont du repos, en comparaison de l'agilité, de l'adresse, et surtout de l'inépuisable invention qu'il y avoit dans les jeux de ces petits sauvages.

On conçoit combien, avec de tels jeux et sous un tel climat, les membres se développent par des exercices où l'esprit et le corps sont en pleine activité. De là vient que les Napolitains fournissent aux sculpteurs les plus beaux modèles. Si les chefs-d'œuvre de l'ancienne Grèce étoient dus au génie de leurs artistes, ces artistes devoient, sans doute, leurs modèles et peut-être leurs inspirations aux écoles de gymnastique, qui ne pouvoient naître que dans le climat du Midi.

L'habitude d'une liberté sans contrainte, en donnant un grand développement à tous les membres, en donne un plus grand aux passions. Dans le Midi, les enfants ne sont jamais appliqués à rien qui oblige à quelque attention commandée ; ce qui fait qu'ils deviennent incapables d'en avoir que précisément pour l'objet de leur passion. On les mène à l'église, et, si les parents y pensent, on leur fait apprendre quelques prières, et voilà leur éducation achevée.

Dans tous les pays à hivers, les enfants sont cinq à six mois enfermés avec leurs familles dans la maison paternelle. Là, sous les yeux de leurs parents, ils se trouvent toujours plus ou moins gênés par le climat qui les oblige à porter des habits serrés, et à vivre dans des habitations étroites.

L'obscurité des maisons et la contrainte dis-
posent mieux à la réflexion que le grand
jour et l'indépendance que donne dans le
Midi l'habitude de vivre en plein air. Mais
toute contrainte, soit du corps, soit de l'esprit, nuit au développement parfait des
membres. De là vient qu'il est rare de voir
au Nord des Alpes des formes qui aux yeux
de l'artiste pourroient servir de modèle. Les
besoins de la société, et la division du travail dans les fabriques et ailleurs, produisent aussitôt quelque difformité dans les pro-
portions des membres. Il en est des hommes
vivant en société, comme des arbres d'une
même forêt où chacun prend la forme que
le petit espace qu'il occupe et les voisins qui l'entourent lui permettent d'avoir,
tandis que l'arbre qui jouit de l'influence
libre de l'air et du soleil, déploie toute la
magnificence de ses formes et toute la richesse de sa végétation.

Si, dans le Midi, il y a des enfants irasci-
cibles, leurs parents ne le sont pas moins
qu'eux. J'ai vu à Marino une mère en fu-
reur jeter son enfant de quatre à cinq ans
contre un mur, puis le fouler aux pieds

jusqu'à ce qu'il n'eût plus de voix pour crier.
Près de la maison que j'occupois à Albano,
une mère, importunée par les cris de son
enfant au berceau, le battoit quelquefois
jusqu'à ce que ses cris expirants se fus-
sent changés en une espèce de râlement
qui le premier jour que je l'entendis, me
fit croire qu'il alloit mourir. On me dit qu'il
arrivoit souvent que les enfants mouroient
à la suite de pareils traitements. La police
ne s'en mêle point, et les voisins ne s'in-
gèrent jamais dans les affaires des autres.
Cet isolement des familles est un trait ca-
ractéristique des nations du Midi, qui tient
à l'insociabilité de leurs passions et à l'habitude de vivre hors de leurs demeures.

Ces mêmes parents si irascibles dans le
Midi, quand ils ne sont pas en colère, permettent tout à leurs enfants. Tant que ces
enfants ne s'attaquent pas à eux-mêmes,
ils peuvent impunément s'attaquer à tout le
monde, et dans beaucoup de pays il est
dangereux de se défendre de leurs polissonneries. Que l'on juge après cela combien
le frottement de tels enfants et de tels parents doit irriter les passions, et combien

une telle éducation est faite pour étouffer
l'usage de la raison.

Dans les pays très-policés du Midi, et
même dans la meilleure compagnie, on voit,
mais sous d'autres formes, des traces d'une
éducation tout aussi vicieuse. Je me souviens qu'à un dîner que je fis dans une
grande ville, on vint à parler d'éducation.
Ayant avancé qu'on gâtoit les enfants dans
le Midi de la France, j'eus une guerre à
soutenir ; je citai plusieurs petits faits en
faveur de mon opinion. Une dame prit mon
parti, et raconta l'histoire d'une petite fille
qui, voyant son amie plus parée qu'elle,
versa de l'huile sur sa robe sans que ses
parents l'en punissent. Elle raconta de plus,
en nommant la ville et les personnes, qu'un
petit enfant ayant eu envie de donner un
soufflet à un vieux homme qui étoit venu
parler à son père, cet enfant, voyant qu'il
ne pouvoit atteindre les joues du vieillard,
se mit à pleurer et à frapper du pied, jusqu'à ce que son père, pour l'appaiser, finit
par le prendre sur ses bras. Ayant obtenu
du paysan qu'il se laissât battre par l'enfant,
il approcha le petit monstre de la tête du

vieillard et lui permit de le souffleter à son aise.

L'empire que les enfants prennent sur leurs parents est un empire très—légitime ; c'est celui que leur donne leur supériorité de tact et surtout leur continuelle activité. C'est une vérité constante que tous les hommes et même les animaux qui vivent en société, prennent à la longue de l'empire les uns sur les autres en raison de leur supériorité de moyens, tout aussi naturellement que des liqueurs de pesanteurs différentes vont prendre chacune son niveau. Des enfants toujours en activité, doués d'ailleurs d'un tact très-fin pour démêler les foibles de leurs maîtres, dominent à la longue des parents indolents, peu accoutumés à exercer leur faculté de penser et par conséquent dénués de principes bien raisonnés.

Dans le Nord, surtout dans l'Allemagne septentrionale, et en Danemarck, l'éducation de toutes les classes, mais surtout des classes inférieures, est singulièrement soignée. Elle l'est particulièrement dans les pays où la religion reformée domine. Je crois

qu'il est aussi rare de trouver dans ces pays-
là des hommes qui ne savent pas lire,
écrire, et chiffrer, qu'il l'est d'en trouver
dans le Midi qui savent ces premiers rudiments, sans lesquels rien ne peut prospérer.

Dans les pays où il y a des serfs, comme
par exemple en Danemarck, les seigneurs,
obligés de pourvoir à leur nourriture, s'é-
toient fait un devoir de les traiter si bien,
que l'abolition de la servitude s'est trouvée
encore plus utile au seigneur qu'au serf. Sous
le régime de la servitude, les terres étoient
mal cultivées, et le seigneur y perdoit. Mais
le paysan, qui ne travailloit pas pour son
profit, et qui savoit que son maître étoit
obligé de le nourrir et loger, travailloit peu
et travailloit mal, même ses propres terres (1), de manière que tout le monde étoit
en perte.

_____

(1) Les paysans avoient leur portion de terre dont
ils avoient pleine jouissance à condition de cultiver
celle du seigneur. Ce régime dans son origine étoit
la chose du monde la plus simple. Le seigneur, au
lieu de payer en argent, qu'il n'avoit pas, payoit le

Depuis l'abolition de la servitude , les seigneurs ont conservé la noble habitude de
s'occuper des paysans de leurs terres comme
de leurs propres enfants , et la respectable
famille de Reventlow , par exemple , a un
tel soin de ses paysans , que j'ai vu chez
un des seigneurs de ce nom , des piles de
cahiers envoyés par les maîtres d'école de
ses villages.

L'instruction religieuse est, ce me semble, aussi parfaite en Danemarck qu'elle peut
l'être , ce qui est un grand bien , puisque in-
dépendamment de tous les autres avantages, elle est le seul moyen de prévenir le fanatisme, qui, par les progrès des mystiques,
semble envahir l'Angleterre. L'exagéra-

---

travail de ses paysans en terre , dont il avoit abondance. Moins il y avoit de commerce , d'industrie ,
d'argent et de population , plus ce régime étoit convenable. Le paysan étoit attaché à la glèbe , comme
le fermier l'est à son bail. Mais lorsque , par les progrès universels de l'agriculture et des lumières, les
travaux nécessaires se multiplièrent , ce régime se
trouva insuffisant. Les terres des seigneurs et celles
des paysans en souffroient également , de manière que
l'abolition de la servitude fut un bienfait pour tous.

tion des idées religieuses ramèneroit enfin à l'incrédulité comme nous avons vu sous Charles II l'irréligion amenée par le puritanisme.

Il y a deux peuplades en Suisse, voisines l'une de l'autre, l'une située dans le canton de Berne, et l'autre dans celui de Lucerne (1). Le gouvernement et le climat des deux pays sont à peu près les mêmes, et cependant, sur un sol semblable, l'une est pauvre, et l'autre est relativement riche. En séjournant dans ce pays, je fus frappé de cette inégalité de fortunes, dans une égalité de circonstances en apparence parfaite. Mais en y regardant de près, je vis

---

(1) Je ne connois pas de petite peuplade plus aimable que celle de l'Entlibuch. Il y règne un singulier usage. Il y a un jour de l'année, où chaque village envoie au village voisin une espèce de héraut d'armes, pour lui annoncer que le lendemain on ira lui chanter le récit de toutes les sottises faites chez lui dans l'année. Il est rare qu'on se soit fâché de cette plaisanterie. Les vers de ces montagnards sont longs ou courts, selon la force des poumons du poète qui à chaque césure reprend haleine. Ces Lucernois aiment la danse et sont bons musiciens.

que celte inégalité de richesses avoit sa source dans l'éducation. Dans l'Entlibuch catholique, le peuple ne savoit ni écrire ni chiffrer, tandis que dans l'Emmethal Bernois réformé, tout le monde chiffroit à merveille. Cette seule circonstance avoit suffi pour rendre le pays catholique tributaire du pays protestant.

L'histoire de l'éducation seroit un sujet neuf et piquant. On y verroit peu à peu le respect pour ce premier des arts croître avec les lumières. Il y a soixante à quatre-vingts ans qu'en Danemarck la servante destinée à soigner les enfants alloit d'abord après celle qui soignoit les porcs et les poules. Aujourd'hui, il n'y a pas de pays en Europe où l'on connoisse mieux les avantages de l'éducation que dans le Danemarck. Les institutions publiques et particulières y sont aussi distinguées que l'éducation domestique. Cependant, dans ce pays-là, il y a peut-être moins d'instruction chez la noblesse, que dans la classe moyenne, ce qui est un grand mal.

A Copenhague, il y a de nombreuses réunions de familles, où tous les âges sont rassemblés. Il en arrive que les parents se-

roient honteux d'y mener des enfants mal
élevés, ce qui les engage à avoir soin de
leurs manières. Les enfants même appren-
nent à se respecter. Je ne connois rien de
si doux que ces réunions de tous les âges ;
mais ces avantages ne peuvent être sentis
que dans les pays où l'on a quelque chose
à se dire, ce qui suppose quelque instruction et une union de cœur, qui ne peut se
maintenir que par les lumières.

Dans le Midi, l'éducation de toutes les
classes a été entre les mains des moines, et
quoique le clergé ne soit pas resté toujours
en arrière de son siècle, les vues particulières de son corps, et l'éducation monacale
qu'il recevoit lui-même, ne pouvoient en
faire de bons instituteurs.

Je me suis souvent amusé en Italie, à
voir dans des corridors de couvents, les re-
présentations des miracles dont les moines
remplissoient la tête du peuple. L'histoire
de ces miracles fait la plus grande partie de
sa croyance.

Les seules vérités bonnes à enseigner aux
enfants de tout âge, sont celles du cœur.
Celles-là s'allient naturellement aux con-

noissances les plus simples sur l'homme et ses rapports; c'est par elles qu'on arrive enfin aux grands principes de la véritable religion.

Une instruction de capucin conduit nécessairement au fanatisme. L'homme qui croit sans raison ne peut se défendre par le raisonnement. Or, rien n'amène plus infailliblement à l'intolérance, que de se sentir au bout de son esprit, et c'est toujours parce qu'on n'a pas de bonnes raisons à dire, qu'on se fâche contre les opinions qui ne sont pas les nôtres. Donner un grand champ à l'esprit, c'est étendre le domaine de la tolérance. L'instruction monacale ne donne pas seulement de fausses idées; en donnant à l'esprit une méthode inverse de celle qui mène à la vérité, elle le rend incapable de penser juste sur rien.

Toutes les opérations de la raison humaine ont pour but d'apprendre à ne croire que par de bonnes raisons. Apprendre aux hommes à croire sans raison, et contre la raison, c'est les pervertir dans le plus noble don de la divinité, celui de la raison humaine.

L'immense avantage de l'instruction re-

ligieuse chez les nations du Nord, c'est
qu'elle n'est jamais faite par des ordres men-
dians. Ces ordres ont dans le Midi une telle
influence sur le peuple, qu'on peut les regarder comme ses vrais instituteurs. Les ca-
pucins de toute couleur étoient au bas peuple, ce que les jésuites étoient au peuple de
la classe supérieure. Entre eux tous, ils dis-
posoient de la raison nationale, ce qui n'arrive pas dans le Nord.

En Italie et dans presque tous les pays
du Midi, la galanterie avoit détruit les familles, et dans les maisons des grands, les
enfants demeuroient trop souvent abandon-
nés aux soins de domestiques ignorants, su-
perstitieux et sans mœurs.

Ce qui dans les pays du Midi, rend l'instruction du peuple presque impossible, c'est
que le climat permettant aux paysans d'ê-
tre toute l'année dans les champs, ils y em-
ploient leurs enfants toute la journée, de
manière à ne trouver aucune heure pour
les envoyer à l'école. Les Italiens sentent
vivement le besoin de l'éducation. Je me
souviens qu'ayant un compte à régler avec
un palefrenier de cette nation, je lui deman-

dai s'il ne pouvoit pas le mettre par écrit :
« Monsieur , me répondit-il fièrement ,
« croyez-vous que je fusse palefrenier si j'a-
« vois appris à écrire. »

Il y a dans le Midi de la France , comme
par exemple, à Hyères , un usage utile.
Les mères qui vont chercher du travail ,
déposent leurs petits enfants chez une
femme qui reçoit un sol par enfant pour
en avoir soin. Voilà à peu près jusqu'où
l'éducation du peuple a été portée en Provence.

J'ai dit que l'éducation se perfectionnoit
avec les lumières. C'est un grand pas dans
l'histoire de l'homme que celui où il apprend à subordonner ses goûts et ses caprices à quelques principes. Le sacrifice de
soi-même n'est pas commun chez le peuple;
il ne l'est guère plus chez les riches. Mais
la bonne éducation suppose bien moins le
sacrifice des sentiments de première impulsion , qu'elle ne suppose beaucoup de lumières. Il y a peu de bons pères et encore
moins de bonnes mères qui, en voyant le
bien de leurs enfants, ne le fassent avec
plaisir. Mais rien n'est plus difficile que de

voir toujours avec quelque évidence les
apports qu'il y a entre le petit homme
[u'on élève, et l'homme fait tel qu'on le
oudroit. Le père qui permit à son enfant
de souffleter le vieillard auroit dit : « Le
« pauvre enfant a une mauvaise santé; il
« a de la bile qu'il ne faut pas provoquer;
« il est maladif; et comment la bizarre
« fantaisie de donner des soufflets ne lui
« passeroit-elle pas avec l'âge? » Les principes moraux paroissent si rarement évidents
lorsqu'ils ont le cœur à combattre, que si
on n'a pas l'habitude de les suivre sans discussion on est perdu.

Les riches connoissent peu le véritable
prix de l'argent. Le grand avantage des
richesses, c'est d'avoir des moyens de se
donner des lumières, car avec elles on a
tout. Mais ces lumières, on ne les acquiert
véritablement que par une éducation distinguée. Dans les classes manufacturières,
les choses mêmes donnent une bonne éducation. Le fils d'un fabricant s'instruira
dans la fabrique de son père; il y ac-
querra mille connoissances, que l'exemple
de ses parents, leur activité, leur écono-

mie, leur amour de l'ordre et du travail achèvront de rendre utiles. L'ouvrier sera élevé à la tempérance, à la prudence, à l'économie, par la nécessité même de subsister par son travail. Chez lui, les vertus sont une suite de son état d'ouvrier, tandis que les suites naturelles de la richesse sont : l'insouciance, l'amour du plaisir, la vanité, l'orgueil et souvent le mépris des hommes. Et si le riche venoit à échapper dans son enfance à tant de travers, à coup sûr, il n'échapperoit pas à l'oisiveté, que toutes les nations appellent avec raison la mère de tous les vices. Il n'y a donc qu'une éducation distinguée, qui soit capable de sauver l'homme opulent des vices attachés à son état ; et il faut de grands efforts pour placer à la hauteur de sa fortune, le jeune homme condamné par son rang, ou par ses richesses, à tous les vices corrupteurs.

J'ai souvent regretté que quelques principes sur l'art d'élever les enfants ne soient pas un objet d'enseignement dans l'éducation des deux sexes, mais surtout dans celle des femmes. Suivez l'instinct d'une jeune fille ; tout la porte à être bonne mère, et bonne institutrice. Que de soins elle donne à sa poupée ! comme elle aime à la caresser, à la gronder ! peu s'en faut qu'elle ne lui fasse dire sa leçon. Ne sont-ce pas là autant d'indices du goût de son sexe pour l'éducation? Lui donnez-vous quelques enfants à élever, il en résultera mille biens pour elle ; les défauts que la jeune fille ne reconnoîtra pas en elle-même, elle les sentira dans les autres, ce qui la disposera à se douter qu'elle les a elle-même. Les enfants sont frappés des procédés de leurs camarades à leur égard; c'est là le moment de leur faire comprendre ce qu'on se doit l'un à l'autre. Il ne faut pas négliger les leçons, mais il faut encore moins négliger ce qui regarde la manière d'être des enfants entre eux.

On a dans tous les temps admiré l'éducation que le père d'Horace avoit donnée à son fils. Ce père alloit de l'exemple à la règle. Tel homme étoit-il blâmé pour être avare, libertin ou prodigue? le père du jeune poète faisoit sentir à son fils ce que ces vices avoient de honteux. Tel autre étoit-il loué pour ses vertus? il lui faisoit comprendre l'avantage de la vertu, de manière que chaque précepte étoit vivifié par un exemple frappant, toujours marqué du sceau de l'estime, ou du mépris des hommes.

Les préceptes que vous adressez directement à l'enfant, en contrariant ses goûts ou son amour-propre, ne profiteront jamais si bien, que lorsqu'il les adressera lui-même à autrui. L'enseignement qu'on donneroit aux enfants sur l'art d'en élever d'autres, produiroit donc souvent une leçon indirecte faite à eux-mêmes; cette leçon les rendroit attentifs à leur propre conduite, et de plus ces enfants, devenus pères ou mères, au lieu d'adopter les maximes d'éducation que le hazard leur adresseroit, se trouveroient en état de suivre des principes déjà pratiqués et développés dans leur jeunesse (1).

_____

(1) Ces idées pourroient très-bien se réaliser dans les familles nombreuses, où l'empire des aînés sur les cadets est un empire très-naturel. Elles pourroient aussi être suivies dans les pensionnats, où une subordination bien établie entre des écoliers auroit toujours de grands avantages. Mais l'autorité donnée à quelque enfant sur les autres doit toujours être

Les opinions sur l'éducation sont dans tous les pays tellement impérieuses, qu'on n'oseroit s'en écarter impunément. Je me sou-

---

précédée par quelque instruction sur la confiance qu'on lui donne, et suivie d'une censure sur l'usage qu'il en aura fait.

La méthode de Lancastre est une des plus heureuses découvertes du siècle; ce n'est que par elle que l'universalité du peuple peut espérer d'avoir une éducation.

Il faudroit, pour bien développer cette méthode, connoître très-bien les enfants; mais si la connoissance de l'homme fait, de l'homme développé, est rare et difficile, celle de l'homme enveloppé, je veux dire de l'enfant, l'est bien davantage.

Les méthodes employées dans les grandes écoles d'Angleterre ne sont jusqu'ici qu'une heureuse invention de la police pédagogique. L'enseignement des enfants par de vieux hommes a un principe de stérilité que n'a pas l'enseignement des enfants par d'autres enfants. Il y a une réaction de l'âme de l'enfant sur celle de son égal qui ne peut avoir lieu lorsqu'il est enseigné par l'homme fait. Dans les écoles de Lancastre il existe une lutte, une action et réaction perpétuelle entre tous les enfants, qui met en jeu toutes leurs facultés. Ces mouvements de l'âme sont faits pour donner l'éveil à tout le système intellectuel de l'homme. On a mal à propos cherché à

viens qu'à Subiaco, ville située dans l'intérieur des montagnes de la Sabine, je vis
dans une assemblée de dames, un enfant
de six à sept mois encaissé dans un corps
de baleine, comme un limaçon dans sa coquille. Je ne pus m'empêcher d'en rire, puis
de plaindre le petit martyr. On a peine à
concevoir l'indignation des mères contre
moi, et lorsque après un premier mouvement de colère, elles furent en état de parler, elles se trouvèrent si éloquentes à me
prouver la nécessité de leur méthode, qu'en
les quittant j'étois très-disposé à croire qu'un
enfant qui sortiroit de son corps de baleine, tomberoit probablement en deux,
puisque l'épine du dos, au dire de ces dames,
se cassoit comme du verre.

---

décréditer le système de l'émulation dans les écoles.
L'émulation est un principe d'action bon ou mauvais,
selon qu'il est bien ou mal employé. Les enfants
sont plus que les hommes faits, sensibles à l'injustice.
Il suffit de quelques maîtres d'école maladroits dans
les distributions des récompenses pour changer en
épines tous les lauriers qu'ils donnent, et pour décréditer un moyen de la plus grande utilité entre
les mains d'un bon maître.

Ce qui conduit le gros des hommes, même ceux qu'on appelle raisonnables, c'est la raison de la ville ou du pays où ils vivent. Dans le Midi de la France, la maxime de beaucoup de mères est qu'il n'y a qu'un âge pour le bonheur, celui de l'enfance, qu'il ne faut donc pas en priver les enfants en les contrariant. Et cette maxime, elles l'ont prise textuellement dans une phrase de Rousseau, sans prendre garde que le livre de l'Emile tout entier combat le sens quelles lui donnent.

Avant qu'en France Rousseau fût une autorité en éducation, il n'étoit que trop ordinaire de battre les enfants. Il est à croire que les mêmes personnes qui aujourd'hui gâtent leurs enfants, les eussent battus lorsque l'usage de les battre étoit commandé par l'opinion ; tant il y a peu de raison chez les hommes dont l'immense majorité n'a que des idées d'emprunt.

L'éducation chez tous les peuples n'a d'abord été que domestique, et chaque famille vivant isolée, l'éducation des enfants n'étoit que l'imitation de ce qu'ils voyoient chez leurs parents. Il semble que dans une

époque postérieure, les familles prirent peu
à peu la forme particulière que chaque profession s'étoit donnée. On voit par les co-
médies du siècle de Molière, qu'il y avoit
un temps en France, où chaque classe de
la société et chaque profession avoit ses
mœurs, ses manières, son costume, son
ton et son langage bien tranchés. L'homme
de loi, le courtisan, le militaire, le mé-
decin, le partisan, le dévot, sans compter
MM. Purgon, nous semblent aujourd'hui
des carricatures, tandis que dans leur temps
c'étoient des portraits. On voit qu'au temps
de Molière on avoit des modèles tout faits
pour la comédie. Du contraste de tant d'espèces d'hommes fortement dessinées, devoit jaillir tout naturellement le bon co-
mique. Les costumes et les manières par lesquelles chaque classe de la société étoit, pour
ainsi dire, étiquetée, devoient aussi influer
sur le caractère personnel qui se trouvoit
plus fortement dessiné que de nos jours,
à peu près comme l'animal isolé et sauvage
se trouve avoir plus de caractère que ce
même animal devenu domestique.-Il y a
plus, les manières fortement dessinées dans

le siècle de Molière, se prêtoient mieux que
celles de notre temps à l'imitation des co-
médies de Plaute et d'Aristophane, qui paroissent avoir été écrites dans un siècle
aussi fécond en carricatures que l'étoit le
siècle de Molière.

Un des effets les plus remarquables de
l'éducation chez les modernes, et surtout
chez les François, a été signalé par Montesquieu, lorsqu'il a dit : « Nous recevons
» trois éducations différentes, celle de nos
» pères, celle de nos maîtres et celle du
» monde. Ce qu'on nous dit dans la der-
» nière, renverse toutes les idées des deux
» premières. »

Ce fut plus en France que partout ail--
leurs que le jeune homme trouva dans le
monde l'instruction qui devoit le guider un
jour. Ce que cette éducation avoit de particulier étoit dû à la grande sociabilité des
François, qui mieux qu'aucune autre nation
savent mettre leurs idées en dehors.

La vive circulation des idées est pour la
pensée, ce que la circulation des espèces
est pour le commerce, une véritable source

de richesses. On échange rarement ses idées ou son argent sans y gagner.

En France , la nécessité d'être compris dans la conversation force les hommes qui pensent à mettre une grande clarté dans les idées qu'ils mettent dans le commerce (1). Il en arrive que ces idées entrent plus

---

(1) On parle beaucoup de la clarté de la langue françoise. Ce n'est pas de sa clarté qu'il falloit faire l'éloge, puisque aucune langue ne demande plus d'attention pour devenir claire que la françoise. La clarté des auteurs françois tient à la sociabilité de la nation, et nullement à la langue même. C'est la sociabilité des François qui a mis leur langue en petite monnoie, pour le commerce de la bonne compagnie. Les termes scientifiques en sont exclus; on évite les formes logiques et tous les longs raisonnements. Les longues phrases y sont rarement admises, on les réserve pour les mouvements passionnés, et on a raison. Les grandes périodes allemandes, italiennes et latines, où le verbe placé à la fin lie plusieurs paquets de phrases incidentes, sont contraires à l'esprit impatient de la conversation.

Cet esprit tient essentiellement au tact; il suppose un aperçu rapide du sentiment qui fait parler, et même de celui qui fait qu'on se tait; il suppose une double attention, l'une donnée au sujet dont on parle,

vîte en circulation et deviennent enfin une monnoie courante par l'usage qu'on en fait.

---

et l'autre au sentiment qui fait parler. Cette double attention est éminente chez les femmes et quelquefois chez les grands. Elle exclut les longues phrases plus faites pour la tribune que pour le salon.

La grande sociabilité de la nation françoise donne tout naturellement à sa langue, la coupe de la conversation, et comme le langage influe sur les idées, elle sert à son tour à rendre la nation sociable.

Aucune langue n'est plus que la françoise riche en lieux communs; aucune n'a un remplissage de conversation mieux tourné; aussi voyons-nous dans presque tous les pays de l'Europe que les complimens d'usage, et ce qui tient aux formes sociales, s'expriment en françois.

Une autre raison de la clarté de la langue françoise vient du grand usage de la conversation, qui donne l'inappréciable avantage de connoître l'effet que l'on produit par la parole, effet qu'on ne devine jamais, si on n'en a pas fait l'épreuve. C'est la connoissance de cet effet qui instruit les auteurs à écrire intelligiblement pour tous les hommes.

Il faut pour faire réussir un ouvrage en France, le mettre, pour ainsi dire, en conversation avec la nation. Telle société qui fait loi dans Paris la fera dans tout l'Empire. Pour avoir des lecteurs, on cherche à se faire écouter de ses juges; ce qui oblige à une gran-

L'habitude de vivre dans le monde devoit singulièrement influer sur les jeunes
François. Elle devoit surtout influer sur
leurs manières.

Il ne faut pas croire que la politesse ne
consiste que dans des vains usages. La vé-

---

de clarté dans l'expression et dans les idées, qui sont
de la compétence de ces juges, c'est-à-dire des gens
du monde.

Mais plus la sociabilité domine chez une nation,
plus la langue rentre dans le cercle d'idées peu étendu de ce qu'on appelle le monde, c'est-à-dire, plus
elle devient pauvre.

Cette pauvreté est une des causes de l'obscurité de
la langue, puisque moins il y a de signes, plus le nombre des significations d'un même mot augmente. Il faut
alors que la tournure de la phrase, ou d'autres choses
accessoires, indiquent le sens du mot employé, ce qui
est une difficulté ajoutée à toutes les autres. Il y a plus:
la fantaisie, le goût particulier de telle société, enfin
la mode proscrivent quelquefois des mots nécessaires,
ou en introduisent qui ne servent qu'à exprimer des
idées de coterie. Ajoutez à tant de causes d'obscurité
des pronoms impropres à désigner les idées qu'ils doivent représenter. Ces pronoms placés dans le discours
comme des piéges, obligent sans cesse à se tenir sur
es gardes, comme feroit un ouvrier condamné à se
servir d'un mauvais outil.

ritable politesse prend sa source dans les qualités les plus estimables du cœur : elle nous apprend à contenir les passions haineuses ; elle donne l'habitude de s'occuper des autres ; elle exclut tout ce qui peut blesser ; elle apprend à nous oublier nous-mêmes, et l'expression de l'estime d'autrui se trouve toute faite, soit en démonstration, soit en paroles. Le langage de cette politesse-là ne pouvoit être dans son origine que l'expression de sentiments vrais. Lorsqu'elle cessa d'être l'expression du sentiment, elle conserva ses formes dans les manières et dans le langage.

Quand, plus tard, on apprit à se jouer de la vertu, on arriva au persiflage et aux mistifications, qui, sous le masque du respect ou de l'estime, portoient des coups à qui ne s'y attendoit pas. Enfin, le contraste des mœurs corrompues avec l'expression habituelle de l'estime introduisit les doubles sens et acheva de dénaturer le langage des paroles et des manières.

Lorsqu'à la révolution tout le système social croula en France, tout ce qui étoit factice tomba avec lui et l'on arriva partout au naturel. Ce naturel, bon chez les uns et mauvais chez les autres, se moula non sur des usages qui n'étoient point fixés encore, mais sur le caractère momentané de la révolution et le caractère individuel de chacun.

Le langage, les manières et les mœurs, tout fut à refaire. Mais comme les lumières du siècle, loin d'être éteintes, se trouvèrent partout en évidence par l'absence des obstacles, les mœurs et les manières naissantes gagnèrent peu à peu, soit par la mort des vieilles absurdités, soit par tout ce que l'esprit, éclairé par l'expérience, et les lumières du siècle universellement répandues, y ajoutèrent.

Un des grands effets que le bouleversement universel a produits sur le langage a été d'effacer plus ou moins tous les idiômes, en renversant dans le langage, comme dans les mœurs et les usages, presque tout ce qui étoit resté de l'ancienne France. La conscription partout établie et les guerres faites à toutes les nations, en détruisant les idiômes, laissèrent partout des traces d'un meilleur langage ; le besoin de lire s'étendit avec le nombre des lecteurs, et les gazettes devinrent sur presque tout le globe un des premiers besoins de la vie.

Je ne dirai qu'un mot de l'instruction nationale.

La véritable instruction nationale, la seule utile, seroit celle qui porteroit la lumière précisément sur les idées convenables à chaque état. Il faut que le laboureur et le métayer connoissent l'agriculture, que le jardinier connoisse le jardin, le berger les moutons, le vigneron la vigne. Cette instruction est la seule qui profite chez le peuple, parce qu'elle seule porte sur un fonds d'idées préexistant dans chaque profession. Ce n'est que dans ce fonds, déjà préparé par l'éducation et par la nécessité de vivre, que le germe de l'instruction utile peut lever. Le métayer qui aura acquis quelque connoissance dans une ferme expérimentale, y pensera en travaillant : il s'accoutumera à se rendre raison de l'ouvrage qu'il fait ; ses connoissances s'étendront de plus en plus, et lui rendront sa condition de plus en plus chère et nécessaire. C'est le développement des idées qui se fait dans

le cercle de la condition de chacun, qui fi-
xera chacun dans le cercle des idées de sa
compétence.

Les hommes qui craignent l'instruction
du peuple, supposent toujours que les connoissances qu'on lui donne, le feront raisonner sur les choses qui ne sont ni à sa portée ni de son état. Le bon moyen de prévenir ce mal, ce n'est pas de laisser aller au
hasard les idées de chacun, mais de concentrer les connoissances de chacun précisément
dans sa condition. Placer les pensées des
hommes d'un côté, et leurs occupations de
l'autre, c'est pervertir l'ordre de la société ;
mais placer les connoissances de chacun
dans le cercle de ses occupations, concentrer ses idées dans les devoirs de son état,
c'est consolider le système social.

Le sentiment habituel du peuple est celui de ses besoins. L'homme du peuple sans
cesse occupé des moyens de gagner sa vie,
aura un intérêt toujours renaissant pour
tout ce qui peut rendre sa condition meilleure. Toute instruction qui atteindra ce
sentiment sera toujours celle qui profitera le
mieux. Elle est elle-même une source de bonheur, et c'est dans la jouissance qu'elle donne,

que le plaisir se trouve en harmonie avec le devoir de son état. C'est là qu'on trouvera la source des plaisirs honnêtes, sans lesquels la vie de l'homme n'est jamais ni complète, ni heureuse, ni tranquille.

Ce qui fait la richesse d'une nation, ce ne sont pas quelques belles fermes, ce ne sont pas ces cultures savantes que l'on admire çà et là, c'est l'universalité d'une bonne culture, qui suppose des lumières universellement répandues. Comme il faut du pain à tous les villages, il faut des moyens d'instruction à tous les hommes.

Qu'on ne s'y trompe pas : chez le peuple, *c'est l'instruction utile qui est la base de l'instruction morale.* C'est l'instruction appropriée au travail de chacun, qui donne à l'homme les idées d'ordre, qui sont la base de la justice, et la source des bonnes mœurs. L'individu, tout comme la nation, a sa mesure d'idées ; les idées que vous ne donnez pas à l'ordre, vous les vouez au désordre. Que voulez-vous que l'homme fasse de son activité, si ce n'est pas au bien qu'il l'emploie. L'ignorance n'est point l'absence de la pensée ; elle est, au contraire, l'activité de la pensée abandonnée au hasard, et cette activité est souvent destructive. Vous craignez les séditions et les révoltes ? Est-ce en laissant flotter les idées populaires au hasard des passions, que vous parviendrez à consolider l'état social?

*   *   *

Pour terminer ce long chapitre, je dirai qu'il y a cette grande différence entre l'éducation de l'homme du Nord, et celle de l'homme du Midi : que dans le Nord la connoissance arrive à l'homme par la pensée, et dans le Midi par les choses.

L'homme du Midi arrivera plus tôt à un premier degré de civilisation que l'homme du Nord ; mais la civilisation plus lente du Septentrion arrivera plus infailliblement à des principes raisonnés. Il en résulte que l'imagination se développera plus vite dans le Midi, et l'intelligence dans le Nord.

L'homme du Nord, en négligeant son éducation, tombera plus bas que l'homme du Midi, à qui l'éducation des choses et celle des passions ne peuvent jamais manquer.

Dans le Nord, le livre de la nature est durant quatre ou cinq mois de l'année fermé pour l'homme, tandis que dans le Midi, ses plus belles pages sont toujours étalées à ses regards. Chez les nations civilisées du Nord, les longs hivers sont employés au développement intérieur de la pensée, tandis que dans le Midi, tous les mois de l'année sont là pour séduire l'imagination de ses heureux habitants.

Dans le Midi, la civilisation avance plus vite et s'arrête plus vite ; dans le Nord, une civilisation plus lente, mais basée sur des principes, jouit de l'espèce d'infini que donnent les sciences et la raison.

———————

CHAPITRE XXIII.

Influence du climat sur les sentiments et le bonheur.

=

Dans les pays où l'imagination prévaut, les idées sont plus mobiles que dans les pays où l'on a l'habitude de réfléchir. Chez les hommes à imagination, le sentiment tient beaucoup à la sensation (1); chez les hommes réfléchis il tient beaucoup à la raison. En Italie on est aimé quand on sait plaire. Dans le Nord, le premier mouvement de préférence vient aussi de la sensation; mais comme la réflexion domine dans les âmes du Nord, il faut, dans ces climats, que le raisonnement sanctionne la prière du cœur.

Il en résulte que dans le Nord les affections sont plus durables. Dans le Midi elles

(1) Voyez mes Recherches sur l'imagination, et mes Etudes de l'homme; chez J. J. Paschoud, libraire à Genève et à Paris.

sont plus vives. Pour rompre un nœud, il faut, dans le Nord, délier le lien d'affection dans la pensée ; dans le Midi, il suffit de le délier dans la sensation. De là vient que dans le Nord on raisonne sans fin sur les sentiments, tandis que dans le Midi il est rare qu'on disserte sur ce qu'on sent.

L'habitude de la réflexion forme, chez l'homme du Nord, un tempérament moral qui tend à conserver toutes ses affections. La tenacité de sentiments qui en résulte, portée dans l'amitié et dans l'amour, est sans doute un bonheur, mais portée dans les sentiments douloureux, elle est un grand mal.

Il est de la nature des sentiments agréables, surtout de la nature de ce qu'on appelle *plaisir*, d'être fugitifs, tandis qu'il est de la nature de la douleur de durer plus que le plaisir. Cette condition est déjà très-fâcheuse en elle-même ; mais il y a plus : il arrive presque toujours que lorsque les sentiments douloureux se renforcent longtemps d'un côté, la faculté d'éprouver des sensations agréables décroît de l'autre.

J'ai souvent observé que les personnes

réfléchies par caractère , lorsqu'elles ont
beaucoup souffert , se paralysent pour les
sensations agréables qu'elles ont l'air de dédaigner. Mais ce dédain qu'elles affectent
pour le plaisir , n'est que l'incapacité de
le sentir. Leur proposer une distraction
agréable , c'est proposer à un malade de
danser.

De cette incapacité d'éprouver des sentiments agréables, naissent souvent de fausses
idées (1). Nos pensées suivent notre humeur et notre manière de sentir, ou plutôt
c'est toujours le sentiment dominant qui les
inspire. De cet empire de la sensibilité sur
la pensée, naissent quelquefois, chez les per-

_____

(1) Je ne connois rien de plus vrai que le petit
ouvrage de Fontenelle *sur le bonheur*. La portion
de bonheur qui est dans la puissance de l'homme se
compose de petits bonheurs faciles, à la portée de
presque tous les hommes et de toutes les situations.
En portant l'attention sur ces jouissances pures et
faciles, on sent toujours mieux leur prix; et ce qu'il
y a de plus important, la saveur des sensations agréables ne se perd pas. Il en résulte que l'esprit et le
cœur conservent cette santé de l'âme sans laquelle
il n'y a pas de bonheur.

sonnes souffrantes et réfléchies des systèmes
d'idées noires aussi funestes dans leurs effets
que fausses dans leurs principes. L'on voit
souvent les conceptions les plus mons-
trueuses nicher dans les recoins d'idées exal-
tées comme les chauves-souris vont nichant
dans le comble ténébreux des toits.

Le véritable contre-poison de cette humeur rêveuse (qui prend trop souvent le
masque de la raison), c'est la raison même.
L'humeur rêveuse n'est que le produit d'une
sensation du sens intérieur. Or, c'est à la
raison à dégager nos idées de l'influence de
la sensibilité, en arrêtant le mouvement de
l'imagination.

L'esprit se porte naturellement là où il
peut le mieux déployer son activité. Dans
le Nord, où les objets extérieurs présentent
peu d'attraits, il se porte sur la pensée intérieure ; quand cette pensée intérieure di-
vague au hasard, c'est de la rêverie ; quand
elle est reprise avec méthode et dégagée du
mouvement irrégulier de l'imagination, c'est
de la réflexion.

Dans le Nord, c'est une jouissance de
penser ; c'est dans ces climats le besoin de

tout être sensible. Au lieu de chercher des sensations au dehors de lui, c'est dans le trésor de sa pensée que l'habitant du Nord va chercher des jouissances qu'il doit toutes à lui-même. Le bonheur de l'habitant du Midi se compose d'objets extérieurs; celui de l'habitant du Nord, il le trouve dans lui-même. Le premier, semblable à la mouche légère, vit au jour le jour du nectar des fleurs dont se couvre la terre qu'il habite; l'homme du Nord, au contraire, est l'abeille diligente qui nourrit son esprit de ce qu'il a recueilli dans la saison fleurie.

Dans les pays où la nature est la moitié de l'année morte pour l'homme, les relations sociales doivent y gagner. Tout ce que, dans ces climats, on ne donne pas au ciel et à la terre, on le donne à son semblable. On conçoit que l'étude de nous-mêmes et celle de nos rapports sociaux a dû naître dans le Nord plutôt que dans le Midi. Ajoutez que la nécessité de vivre et de s'entr'aider y rapproche les hommes.

C'est un poète du Nord qui a dit dans le poème le plus riche en hautes pensées, que *la*

véritable étude de l'homme c'est l'homme (1).
Nulle connoissance ne remplit et ne satis-
fait l'âme comme celle de soi-même. Toute
autre étude peut faire oublier la vie ; l'é-
tude de nous-mêmes est la seule qui la
fasse sentir. L'homme qui possède l'habitude de s'observer découvre dans lui-même
des phénomènes qui répandent un jour brillant dans les ténèbres de son être. Voyez
le plaisir que le botaniste éprouve à la vue
d'une fleur nouvelle ; voyez les transports
du physicien, lorsqu'il découvre quelque
grande loi de la nature. Ces jouissances sont
rares, il faut les chercher hors de nous,
tandis que l'étude de soi-même est une
source intarissable de plaisirs placée dans le
sanctuaire même de notre être. Le physicien, le naturaliste bâtissent des systèmes,
mais eux-mêmes n'y habitent pas ; leur
cœur demeure toujours en dehors de leur
ouvrage, tandis que toute connoissance de
nous-mêmes est une lumière directe qui habite avec nous, nous échauffe et nous
éclaire ; derrière la science du physicien,

_____

(1) Pope, dans son Essai sur l'homme.

du chimiste, de l'homme, en un mot, qui
vit au dehors de soi, peut habiter l'homme
foible par caractère, nul dans ses principes,
l'homme, qui dans les moments où il auroit
besoin des forces de son âme, sent que
n'ayant jamais fait connoissance avec elle,
elle lui est tout-à-fait étrangère.

Il y a, dans le sentiment de ses forces,
une jouissance inappréciable, comme il y
en a dans la découverte de toute vérité intime. A-t-on trouvé l'art de s'observer soi-
même, on découvre dans soi-même des
terres australes et des mondes inconnus,
où tout ce qu'il importe à l'homme de posséder peut devenir sa conquête. Cette étude
nous accompagne en tout temps et en tout
lieu; elle seule se passe des hommes et des
livres, elle seule nous réconcilie avec les
hommes, en nous réconciliant sans cesse
avec nous-mêmes; bien vivre avec ses semblables est un hasard pour la plupart des
hommes, tandis que ce devroit être un objet
d'étude. On est mal, on est bien avec eux,
selon qu'on sait ou ne sait pas se maintenir
en harmonie avec leurs sentiments. Ces lois
de l'harmonie sociale, il faut les chercher

dans nous-mêmes, car les rapports de nous
avec nous—mêmes ne sont pas moins variés, pas moins nombreux que les rapports
de nous à autrui; nous sommes à nous—
mêmes bonne ou mauvaise compagnie,
selon que nous savons vivre bien ou mal
avec la société de l'intérieur de notre être.
En effet, le sentiment de la vie se compose d'une foule de besoins, de désirs,
d'aises et de malaises fugitifs qui ne passent
avec rapidité que pour reparoître sous des
formes toujours nouvelles. Vis—à—vis de
toutes ces manières d'être de notre sensibilité, sont nos pensées qui paroissent et
disparoissent selon l'influence secrète des
besoins instantanés du sens intérieur qui domine l'imagination (1).

Le bonheur se compose de l'harmonie
que l'on sait maintenir entre tous ces mou-
vemens de la pensée d'un côté, et ceux
de la sensibilité de l'autre, mouvements en
apparence vagues et désordonnés, mais sou-

_____

(1) Voyez mes Recherches sur l'imagination, et
mes Études de l'homme.

mis réellement à des lois aussi constantes
que celles qui régissent tout ce qui est dans
l'univers. L'étude de ces lois qui font la
destinée de l'homme, est de toutes les
études la plus négligée !

L'homme ignorant et grossier a des manières grossières avec lui-même ; il est dé-
plaisant dans sa propre société comme il
l'est dans celle des autres. Sans une attention soutenue, portée sur nous-mêmes, et
sans l'usage continuel de la raison, on se
blesse dans ses rapports avec soi-même.
Que de gens qui savent très-bien qu'il est
inconvenant de parler à autrui de ce qui
peut lui faire de la peine, ne cessent de ré-
veiller la leur par d'inutiles pensées ou par
des réflexions funestes ! Toutes les règles de
la sociabilité, toutes celles qui rendent nos
rapports avec les autres agréables ou pé-
nibles, on peut se les appliquer à soi-même.
La raison en est simple ; nous sommes en
contact avec la société par les mêmes besoins et les mêmes rapports par lesquels
nous touchons à nos propres sentiments.

Il en est de la science de l'homme, comme
de toutes les sciences. Elle est erronée et

incertaine dans son point de départ. Je ne
dirai pas que l'erreur est la route de la vérité, mais c'est un pays qu'il faut traverser,
pour arriver peu-à-peu à des résultats cons-
tants et utiles. La physique dans sa naissance n'étoit que de la métaphysique; l'astronomie a commencé par l'astrologie, et
la chimie par l'alchimie.

Il en est de même de la science de l'homme;
il faut se tromper long-temps, avant d'arriver au moment où les vérités vont crois-
sant par les vérités. A peine entrevoyons-
nous encore les grandes classes de phénomènes qui peuvent répandre quelque jour
sur la nature de notre être. Nous confon-
dons sans cesse la mémoire avec l'imagination, et personne n'a encore distingué nettement l'imagination de l'intelligence. On
connoît en gros la correspondance des phénomènes de l'organisation, avec les lois de
la pensée; et cependant, on ne cesse de les
confondre. Tantôt des physiciens nient l'existence de l'âme; et tantôt d'autres rêveurs
ne sont pas bien sûrs s'il y a des corps. Les
mystiques cherchent à s'affranchir de l'influence de l'imagination, tandis que, parmi

les gens du monde, des espèces d'Epicu-
riens nient le pouvoir de la raison.

Les véritables principes de la morale sont
encore à naître, avec la connoissance plus
intime des facultés de notre âme.

On croit communément que les sciences
naturelles peuvent se passer de la connoissance de nous-mêmes, et l'on se trompe. Il
y a dans les plus hautes régions des sciences
naturelles un point où la théorie des faits devient tellement abstraite et idéale, qu'elle ne
peut être guidée que par des lumières sur la
nature de l'instrument même de la pensée. Il
semble que la chimie soit déjà arrivée à ces
hautes régions, où il faut plus de métaphysique que de faits chimiques pour la guider.
Les méthodes sont à la science ce que les
machines sont dans le système industriel.
La méthode fait aller la pensée, comme la
machine à filer fait aller le coton. Mais notre vue intérieure est encore si trouble, que
nous prenons souvent un rouage pour un
autre. Tout perfectionnement dans les hautes régions des sciences, il faut désormais
le chercher dans la connoissance de l'instrument que l'on emploie, c'est-à-dire, dans

les connoissances des *facultés* mêmes de l'ê-
tre pensant, et des lois de leur développement.

Comme étude, il n'y en a pas qui ait plus
d'attraits que celle de la philosophie morale.
A-t-on su prendre l'attitude et le point de
vue de l'observateur, on voit passer devant
soi les phénomènes de son être. On cesse
dès-lors d'être seul dans l'univers, et étranger à soi-même. On sent que dans le monde
qu'on porte dans son âme toutes les destinées morales sont à conquérir. La pensée
toujours solitaire pour l'homme qui s'ignore
fait société à qui sait se doubler par l'étude
de soi-même. En apprenant à vivre avec
soi, on a le sentiment de vivre avec tous
ces *moi* divers qui composent notre être,
et avec lesquels il faut de nécessité vivre
bien ou mal. Le bonheur est-il autre chose
que l'harmonie de tous ces *moi ?*

La première condition pour voir au dedans de soi, est celle de se replier sur soi-
même. Il faut pour cela n'être pas sans
cesse agité par des sensations extérieures.
Pour méditer on cherche un jour doux ; il
semble que le soleil fasse disparoître la pen-

sée intérieure. Il en est ainsi de toutes
les sensations vives ; toutes effacent peu à
peu la perception de l'intérieur de notre
chambre obscure, et nuisent à la connoissance de nous-mêmes.

Le ciel brumeux du Nord semble destiné
à nous donner la révélation de notre être
intérieur. La sensation du froid porte au
repos, tandis que le sentiment de la chaleur, lorsqu'elle n'est pas excessive, porte
au mouvement. La véritable patrie de la
philosophie morale, c'est dans le Nord qu'il
faut la chercher.

On voit dans les poëmes d'Ossian, dans
la mythologie des Scandinaves, plus ré-
cemment dans les visions des mystiques de
l'Ecosse et de l'Angleterre, et plus tard dans
les révélations philosophiques de Kant, une
disposition tantôt à la rêverie, tantôt à la
contemplation, féconde en poésies, en vérités ou en systêmes. Que la bonne philosophie vienne à se répandre sur ce sol si
riche en pensées, et l'on verra les conceptions les plus sublimes luire dans les régions des neiges et des brouillards, et ver-
ser une vive lumière sur les régions du
Midi.

Les Anglois devroient se ressouvenir du temps de Charles I. Ils devroient redouter plus qu'ils ne le font ces vapeurs mystiques qui, comme des nuées d'orages, s'élèvent et s'amoncèlent de toutes parts. C'est à l'étude constante de la philosophie morale, et surtout de la théorie de l'imagination, à dissiper ces visions sentimentales qui disparoîtroient à l'aspect de quelques vérités sur la nature même de l'être pensant et sensible. Qui eût entrepris, il y a quelques siècles, de réfuter les astrologues, y eût perdu sa peine. Depuis la naissance de l'astronomie, l'astrologie a disparu sans combat, comme les ténèbres disparoissent à l'aspect de la lumière. Ce n'est jamais en combattant l'erreur qu'on la terrasse, c'est en éclairant tout l'homme qu'on la dissipe.

Si les beaux-arts sont une production naturelle au ciel brillant du Midi, en revanche le *beau moral* est le produit naturel des régions du Nord. Semblable à l'aurore boréale qui, dans les froides régions, supplée quelquefois à la clarté du jour, le beau moral dédommage souvent l'homme du Nord, de la jouissance des beaux-arts que son climat semble lui refuser.

Il y a certainement dans le système de notre sensibilité des rapports avec la musique. Nous nous sentons avec les sentiments d'autrui, tantôt en harmonie, et tantôt en dissonance. Mais comme le ton de nos propres sentiments varie sans cesse, l'harmonie de nos rapports ne peut être qu'instantanée, et le plus souvent l'ouvrage du hasard. Il en étoit de même de l'harmonie musicale avant la naissance de la musique. Mais les grandes lois de l'harmonie de notre être existent. Des siècles s'écoulent, des nations paroissent et disparoissent, sans se douter qu'il y ait pour les hommes un art de se mettre en rapport les uns avec les autres. C'est à la philosophie morale, particulièrement à une bonne théorie des sentiments, toute fondée sur des observations bien faites, à dévoiler les lois de l'harmonie entre les êtres sensibles. Cette harmonie sublime, en se rattachant aux idées d'ordre, de principes et de vertu, semble s'allier aux lois de la sagesse suprême qui, aux yeux de la plus saine philosophie, gouverne et régit l'univers.

L'esprit véritablement philosophique,

c'est l'esprit observateur. Le talent d'observer, porté sur soi-même, est une lumière
intérieure, qui, tout en éclairant les ténèbres de notre être, vivifie la volonté, tandis que l'étude des objets *extérieurs* à
l'homme n'arrive jamais au principe moteur
des actions humaines. De là vient que nous
voyons si souvent des hommes devenus
grands au dehors par les circonstances, être
toujours nuls dans eux-mêmes.

Sous le ciel brûlant du Midi, l'éclat des
sensations rend la pensée intérieure souvent
terne. Il en arrive que l'homme du Midi,
influencé par tout ce qui l'entoure, ne sait
pas, comme l'homme du Nord, dominer
la vie par des principes vigoureux. Si les
grands hommes de l'antiquité sont devenus
grands, c'est par les passions bien plus que
par les principes qu'ils le sont devenus.

Dans les pays à hiver, on est heureux
lorsqu'on ne souffre pas ; on sait y jouir
de l'absence de la peine. Lorsqu'on entend
mugir le vent, lorsque la neige vient en
flocons remplir les airs et couvrir la terre,
le père de famille, qui sent toutes ses jouissances près de lui, se plait à retrouver sa

femme, ses enfants, son feu et sa demeure
abritée ; il sait jouir de l'espérance et vivre
de sa pensée ; moins la nature lui donne, et
plus il trouve de ressources dans son cœur,
dans son esprit, dans sa famille et dans tout
ce qui l'entoure. Dans le Midi, au contraire, l'absence de la peine est moins sentie ;
c'est la jouissance positive, c'est le plaisir
qu'on cherche partout et toujours. L'homme
du Midi, placé comme le roi de l'univers
sous le magnifique dais d'un ciel toujours
pur et serein, retrouve chaque jour des
fleurs et des fruits. Ebloui par l'éclat et la
présence de la vie, enivré de jouissances
non idéales mais sensuelles, l'avenir éloigné
et les charmes des souvenirs n'existent pas
pour lui.

Au milieu des dons de la nature, toujours
frappé de sensations vives, exposé à tous
les hasards d'une existence qui ne dépend
jamais de lui, il se voit condamné à ne vivre
jamais avec lui-même, tandis que l'homme
du Nord, doué de la plus sublime des puissances, celle de faire, quand il le veut, sa
propre destinée, nous apprend que la dignité de l'homme, ainsi que sa puissance et

son bonheur, résident dans la pensée plus encore que dans tout ce qui n'est pas elle.

CHAPITRE XXIV ET DERNIER.

Ce que nous avons été et ce que nous sommes,
ou l'an 1789 et 1824.

=

Je viens d'exposer quelques souvenirs d'une vie très-variée; je viens de peindre les mœurs des nations que j'ai connues; mais la plupart des tableaux que je viens de faire sont maintenant d'un autre monde, d'un temps antique, d'une époque placée au-delà de la grande barrière historique appelée Révolution. Presque tous ces tableaux ont disparu et n'ont laissé que des fragments qui nous rappellent ce qui n'est plus. Nous voyons les Alpes séparer des peuples qui ne se ressemblent point. Il en est de même de cette grande Cordillière placée entre deux siècles; elle sépare des hommes si différents d'eux-mêmes, que ceux qui comme moi ont vécu dans les deux époques, sont étonnés d'être les mêmes hommes.

N'est-il pas singulier que non-seulement les François, mais presque tous les Européens, aient perdu plus ou moins les formes qu'ils avoient avant cette époque? et cependant cette révolution ne semble-t-elle pas étrangère aux nations qui l'ont combattue?

Parlons des François; voyons les métamorphoses que le bouleversement a produit chez eux. Ce qui est vrai des François le sera plus ou moins de leurs imitateurs.

L'épée au côté, le chapeau sous le bras gauche, ces restes de l'ancienne chevalerie, ces signes de respect et d'asservissement à sa belle et aux hommes d'un rang supérieur, ont disparu avec la poudre et les manchettes. Les formules habituelles d'une estime exagérée font maintenant place aux expressions simples et naturelles du cœur ou des convenances; avec la vénération pour les grands a disparu le mépris pour les petits. Ce qu'il y avoit de servile dans le respect pour les femmes est remplacé par l'estime ou par l'indifférence. On les aborde comme

des hommes, on leur parle ou on les néglige à son choix, selon le mérite, les agréments ou l'esprit qu'on leur suppose. La
beauté dépouillée de coquetterie n'a plus
qu'une valeur de souvenir ; à quoi bon s'en
occuper? Dans les salons, les hommes et les
femmes forment deux nations séparées, dont
chacune ne parle que sa langue? De là, la
toilette négligée des hommes; de là, ces
pantalons qui ne gênent point. Des habits
noirs d'un drap très-fin, et une grande pro-
preté, constituent tout le luxe de la toilette
des hommes. Leurs têtes sans poudre et sans
frisure cherchent le mieux qu'on peut à res-
sembler à des têtes antiques.

Que de vaines paroles, que d'inutiles formules, que d'agitations et de mouvements
sans motifs, sont tombés avec les hautes
coiffures et les hanches bouffies des femmes
d'autrefois! Que de révérences, que de com-
pliments ont disparu avec les chausses ser-
rées et les têtes frisées des hommes ! Que
de flatteries convenues, que de prétentions
surannées ont fini avec le rouge ! Que de
parures d'un goût faux et barbare, gisent
enterrées dans un même oubli avec les pa-

niers de nos trisaïeules, et les grandes perruques de nos bisaïeux !

Voyons l'intérieur de ces nouvelles têtes.

Les nobles François de l'ancien régime,
dépouillés à la révolution de leurs richesses,
de leurs titres et de toutes leurs espérances,
se trouvoient réduits chacun à son mérite
personnel. Les routes qui mènent à la fortune, les carrières ouvertes à l'ambition
s'étoient fermées pour eux. Comment sou-
tinrent-ils tant d'infortunes ?

Les emplois qu'au temps de la révolution j'occupois dans ma patrie, m'ayant
mis en rapport avec quelques milliers d'é-
migrés, j'ai pu les observer d'assez près,
pour être étonné de voir combien il y avoit
de vertus utiles dans les mœurs aimables
des François. L'habitude de paroître con-
tent des autres, qui fait une partie essen-
tielle de l'art de plaire, leur donnoit le talent de se plaire à tout. Ils plaçoient leur
amour-propre à paroître contents dans un
exil qu'heureusement ils croyoient ne devoir durer que peu. L'absence de toute humeur, leur gaîté naturelle, quelquefois au
sein de la pauvreté, en les rendant aimables

pour les autres, les rendoient eux-mêmes moins malheureux. J'ai vu M. Le Noir, autrefois lieutenant de police à Paris, se mettre gaîment sur quelque char de paysan pour arriver à la ville prochaine. Ses promenades étoient rarement sans instruction pour lui-même ou pour les autres. Chose singulière ! les émigrés jugeoient très-bien les étrangers, avec qui ils étoient appelés à vivre, et ne comprenoient jamais les hommes de leur propre pays. Les sentiments de regrets de tout ce qu'ils avoient perdu renforçoient tellement leurs souvenirs qu'ils devenoient incapables de voir autre chose que ce qu'ils avoient quitté dans leur patrie. Il en résultoit le singulier contraste de gens très-clairvoyants dans ce qui leur étoit étranger, et toujours aveugles dans ce qui les touchoit eux-mêmes. Un phénomène tout semblable se faisoit remarquer alors chez les hommes en place de presque tous les pays de l'Europe. Tous jugeoient mal la révolution, tous étoient clairvoyants dans les choses passées, et plus ou moins aveugles pour les choses présentes ! Le don de voir ce qui est mobile, celui de juger sainement ce qui est imprévu, seroit-il refusé à qui voit de trop haut, ou le sentiment de la puissance de l'homme lui feroit-il croire qu'il commandera au temps de s'arrêter devant lui ?

C'étoit un singulier spectacle de voir en France et dans les pays soumis aux François, l'homme de toutes les classes dépouillé de tout ce qui étoit factice et de convention. On se voyoit sans cérémonie, l'on entroit en conversation sans ce remplissage de paroles, si commode à mettre en avant lorsqu'on n'a rien à se dire ; on s'abordoit, non avec des phrases, mais avec des pensées. Au premier moment qu'on se trouvoit en présence même de l'Empereur, on étoit en conversation sérieuse avec lui.

Une mission que j'avois dans la Suisse italienne (1) me fit faire plusieurs voyages à Milan. Quel contraste je trouvois entre le style boursoufflé et vide des chancelleries de nos Cantons Suisses avec les formes brèves et tranchantes des hommes de la

_____

(1) Dans les années 1795, 1796 et 1797.

grande république! A Milan, je fus pré-
senté au Proconsul, alors presque roi de la
Lombardie, au représentant du peuple***.
Ce potentat me reçut au haut de son esca-
lier; il étoit sans habit, sans veste, sans bas,
sans souliers, sans pantalons, à la chemise
près absolument nu : je ne pus m'empêcher
de rire, en pensant au contraste de son costume africain, avec les longs et amples man-
teaux, les rabats et les perruques qui en-
veloppent les magistrats de l'Helvétie. J'aimois à causer avec les soldats françois ; un
général, à qui je demandai si on osoit leur
faire des questions, me dit que j'en avois
toute la liberté. J'allois jusqu'à leur demander pourquoi ils venoient faire la guerre
en Italie ; ils me répondirent dans leur éner-
gique langage : c'est pour n'avoir pas les
ennemis chez nous ! Quand je leur parlois
du général Bonaparte, ils sourioient avec
complaisance, comme si je leur avois parlé
de leur maîtresse. Ils avoient une si haute idée
de son courage, qu'un soldat me dit : le général ne remueroit pas le pied droit plutôt
que le pied gauche pour éviter la mort. Je
ne puis imaginer une plus parfaite réunion

d'obéissance et de liberté, ni concevoir de discipline plus dégagée de pédanterie que ce que l'on voyoit alors dans l'armée d'Italie. Cette guerre si terrible ressembloit à une partie de plaisir. On ne craignoit ni les fatigues ni la douleur. L'enthousiasme étoit à son comble ; voyant panser un soldat qui avoit la cuisse emportée, je m'approchai de son lit, et, comme attiré malgré moi auprès de lui, je lui dis: *vous souffrez beaucoup.* — *Ah ! citoyen,* me dit-il, *ce n'est rien quand on souffre pour la patrie.* — Que ne feroit-on pas, et que n'a-t-on pas fait avec de tels hommes ! La politesse des officiers de cette armée me paroissoit le modèle de la politesse naturelle du nouveau régime. L'absence des formes de convention sembloit mettre dans tout son jour la bienveillance et la bonté de ces jeunes héros. Quittons les détails pour arriver aux grands effets opérés par la révolution sur presque toutes les nations de liEurope, mais surtout sur les François.

Avant la révolution, chacun vivoit isolé dans la sphère de ses intérêts particuliers, de ses plaisirs et de ses peines personnelles,

sans chercher sa destinée dans les gazettes
et dans les événements publics ; les rois
d'alors, semblables aux dieux d'Epicure,
paroissoient indifférents au sort des mortels;
il n'y avoit que quelques hommes de l'O-
lympe qui se sentoient en contact avec eux:
le reste de la terre faisoit sa destinée comme
il pouvoit. L'idée d'un bien public n'existoit
nulle part, puisque la destinée des hommes
appartenoit à quelques ministres instruits
exclusivement de ce qui convenoit aux
millions de sourd-muets, dont ils faisoient
le bonheur. L'idée de mœurs, comme faisant
partie de la chose publique, ne venoit à personne, et chacun n'évitoit le vice que pour
le mal qui pouvoit lui en revenir. Si par
hasard on élevoit ses regards jusqu'à la cour
des rois, c'étoit comme vers un spectacle,
vers une curiosité de gazette, amusante,
triste ou scandaleuse. Ce n'est pas que les
hautes idées de politique ne passassent par-
fois, comme des rêves, à travers les spécu-
lations des philosophes. Si l'on y prenoit
quelque part, c'étoit comme à un objet de
littérature, comme à Gluk, ou Piccini. Ce
n'est que depuis le tonnerre de la révolu-

tion, que tous les regards se sont portés violemment et constamment vers le ciel politique, d'où l'on voyoit sans relâche descendre le déluge et le chaos avec l'espérance et la terreur. Dès lors, tous les regards des nations n'ont cessé de se porter vers en haut.

Tout ce qui étoit le produit des temps passés, la richesse, le rang, la réputation même, toute la fabrique des siècles une fois croulée, un sentiment universel d'égalité vint se fixer dans toutes les âmes. Chacun disoit à son voisin : *je suis autant que toi.* Les puissances du temps et des lois une fois tombées, il ne restoit que la force momentanée de chacun. Le rapprochement fortuit de ces forces, semblable au rapprochement des nuées électriques, produisit les phases passagères de la révolution. C'étoit là le moment d'élever l'édifice social. Mais de ce chaos informe, l'on vit sortir, non l'ordre social, mais le tonnerre des passions qui amena la terreur. Ce régime de terreur universelle, semblable au rouleau qui passe sur le gazon, prépara la marche

du despotisme, sur les têtes abattues ou
courbées.

Ce despotisme, momentanément répa-
rateur, étoit d'une espèce toute nouvelle.
Fondé uniquement sur la force, il ne ra-
mena point ce qui pouvoit blesser l'égalité
nouvellement acquise. Les noms, les titres,
les vieilles fortunes et les vieilles réputa-
tions, autrefois objets de tant de jalousies,
demeurèrent ensevelis, et les grandeurs
nouvelles que l'on vit s'élever, loin d'être des
objets d'envie, ne furent plus que des objets d'espérance pour des hommes nou-
veaux. Il y a plus, avec les vieilles institutions avoient disparu mille préjugés et mille
produits absurdes de l'antique ignorance.
L'esprit du siècle, dégagé des débris du vieux
âge, s'étoit montré tellement supérieur aux
institutions tombées, que déjà l'absence de
ces institutions étoit un bien. Le despote
sut tirer parti des lumières d'un siècle nouveau, et comme il étoit lui-même une
lumière, il épargna à ses subordonnés les
fausses mesures et les vues étroites de la
médiocrité, qui, en faisant le mal du temps
présent, préparent encore des maux à la pos-

térilé. Quand le génie frappe, il touche au but comme la foudre ; tandis que l'ignorance tombe en tous lieux comme une grêle malfaisante.

Voyons ce que tant d'orages opérèrent dans les mœurs des François.

La terreur universelle, et le malheur universel, descendus comme un déluge au milieu des mœurs dissolues des riches et des grands, firent rentrer dans leurs familles et dans leur devoir les hommes que la fortune en avoit écartés. La vertu sembloit alors l'asile du malheur. On vit, au contraire, avec effroi, chez les démons de la tempête, comme pour en dégoûter les hommes, l'exagération et la nudité de tous les vices. Mais de tant de malheurs naquirent des biens inattendus.

La religion, consolatrice des malheureux, quitta d'insolents vainqueurs pour aller consoler leurs victimes; et le culte du cœur, non une religion de commande, comme on voit de nos jours, succéda à l'immoralité de la révolution.

Les vieilles barrières sociales une fois tombées, toutes les avenues de la fortune se

trouvoient ouvertes au talent et au courage. De là le prodigieux élan que les
hommes distingués prirent dans la route du
génie, dont le besoin étoit vivement senti
alors que tout étoit à refaire (1). De là les
conquêtes des François nées de la supériorité de leurs talents. De là la grandeur co-
lossale d'un homme qui ne pouvoit périr que
par lui-même.

Le paroxisme de la révolution une fois
passé en France, il en résulta une lassitude universelle. Lorsqu'en 1810 je par-
courus le Midi de la France, le sentiment
dominant que je remarquois en tous lieux
et chez tous les hommes étoit d'endurer
tous les maux du despotisme plutôt que de
subir un second bouleversement (2). Depuis
lors, la lassitude alla en augmentant avec

---

(1) Les lettres étoient devenues une terre d'asile
et de repos, dans un temps où tout devenant sus-
pect, il n'y avoit de sûreté nulle part.

(2) Cette disposition nationale a été également
méconnue dans la suite, et par ceux qui vouloient
soulever la nation, et par ceux qui vouloient prévenir une seconde révolution.

la durée des maux. Les brillantes illusions s'éteignirent partout, pour faire place à de tristes réalités. La France étoit couverte de ruines ; mais, qui l'eût pu croire ! ces ruines receloient des moyens inouis de prospérité.

Aujourd'hui que tout est soumis au calcul, aujourd'hui qu'on pèse également et les gaz et les planètes, on est parvenu à peser avec la même sûreté la valeur des empires.

Nous avons vu, en 1789, la révolution naître d'un déficit de cinquante millions ; la terre financière d'alors ne pouvoit fournir cette somme. Les vingt-six années qui suivirent, coûtèrent, en destruction, en gaspillage, et en dépenses nécessaires, au moins quarante milliards, peut-être le double de cette somme (1) ; mais, chose étonnante ! en 1824, nous voyons ce même empire, en apparence si épuisé, nous le voyons marcher en se jouant sous le poids d'une dette de trois milliards. On fait plus : dans l'abondance universelle, on réduit l'intérêt de la dette publique. On voit que la richesse

---

(1) Les assignats seuls employèrent, en valeur nominale, selon Ramel, successeur de Cambon, la somme énorme de quarante-cinq milliards.

d'une nation, ce n'est pas dans sa partie matérielle, c'est dans sa partie morale qu'il faut la chercher. Quels chiffres eussent produit jamais les résultats financiers que nous admirons de nos jours dans l'heureux pays de la France?

Ce phénomène inoui en finance prouve que la mesure de la prospérité nationale se trouve dans la mesure de l'activité nationale réunie à l'ordre universel, c'est-à-dire, à de bonnes lois. La révolution avoit produit l'activité : l'Empereur la sût organiser ensuite avec un rare talent. Sous Bonaparte, l'empire françois souffroit sous le poids énorme qu'on lui faisoit porter ; mais le géant étoit fortement constitué ; toutes les forces nationales, tous les talents étoient employés ; quelques années de repos ont suffi pour lui rendre toutes ses forces.

De la lutte révolutionnaire devoient naître des opinions exagérées. Ces opinions, comprimées sous Bonaparte, prirent, à sa chute, un prodigieux essor. De là naquirent les réactions toujours si dangereuses en politique.

Il est de la nature de tout sentiment d'avoir des désirs et des volontés propor-

tionnées à l'intensité et à la compression
qu'il éprouve. Ces désirs, ces vœux, lorsque la compression vient à cesser, prennent
un élan proportionné à la gêne éprouvée ;
et comme toute action produit une réaction, on voit que des réactions prolongées
produisent nécessairement des oscillations,
qui, loin de ramener le calme, ne font
qu'en éloigner de plus en plus le retour.

D'autres dangers menacent l'homme qui,
au lieu de diriger le mouvement national,
prétendroit l'arrêter. Ne pouvant juger que
d'après nos souvenirs, ne pouvant voir l'a-
venir que dans le passé, il en arrive que
les hommes fortement émus par le passé,
jugent le temps présent d'après les impressions reçues dans des temps antérieurs, de
manière que, loin d'arriver au but proposé,
ils le manquent nécessairement, en prenant
leur point de mire dans un temps qui n'est
plus.

Ces principes furent généreusement sentis
par les souverains, deux fois restaurateurs,
mais ne le furent pas ensuite par le parti
de l'opposition. De là de nouvelles aggres-
sions de ce parti, qui, se croyant appuyé

par la nation, continua la lutte contre une puissance dont il méconnoissoit les forces. Après cette seconde lutte, les souverains n'agirent plus par les mêmes principes. L'avenir nous apprendra s'ils ne travaillent pas à préparer eux-mêmes de nouvelles réactions.

Je dirai quelques mots de l'exagération des idées religieuses.

Nous retrouvons l'exagération des idées religieuses, dans les deux religions dominantes de l'Europe.

Chez les protestants, surtout en Allemagne et en Suisse, la réaction des idées religieuses porte bien plus sur les sentiments intimes, que sur les objets qui frappent les sens. Vous voyez, au contraire, la France renforcer de partout la police religieuse; vous la voyez créer et organiser des gen darmes spirituels; vous voyez en tout lieu sortir des missionnaires, des croix, des crucifix et des images de douleur, le tonnerre des missions retentit de partout; la terreur est partout répandue; les chaires sont changées en volcans, où le ciel et l'enfer s'ouvrent à volonté pour le salut ou le tourment des pécheurs ; tandis que chez les protestants du Nord, c'est le sentiment intérieur, c'est l'exaltation religieuse qui se renforce sans mesure, de manière à arriver jusqu'à la démence, comme on l'a vu en Suisse et en Allemagne (1).

Il y a peut-être en ce moment chez les protestants un sentiment d'émulation religieuse qui les porte à jouter de zèle avec les catholiques. Le sentiment religieux fomenté inconsidérément par d'innombrables et absurdes brochures répandues avec les bibles, venant à coïncider avec les disposi-

_____

(1) Nous avons vu en Suisse, dans l'espace de dix années, près de Berne, de jeunes filles étouffer leur grand-père, et dernièrement, près de Zurich, une jeune fille tuer sa sœur, puis se faire crucifier ; tout cela dans les intentions les plus bienveillantes. Une fois admis que les sentiments exaltés qu'on éprouve sont l'inspiration de Dieu, il n'y a plus de bornes à la foi qu'on y porte. Dès lors il n'y a plus de limites aux écarts de l'imagination. Tous les hommes qui se croient inspirés ne marchent-ils pas sur la même ligne, ne sont-ils pas sur la même voie, le principe étant le même pour tous ? Qui oseroit douter quand c'est Dieu qui a parlé ?

tions religieuses déjà très-exaltées de quelques villes et villages, contribue à porter
le plus respectable sentiment au-delà des
limites que la raison assigne à toute chose
humaine. Augmenter l'exaltation d'un sentiment quelconque, sans augmenter les lumières d'autant, c'est produire le fanatisme, qui n'est que l'explosion d'un sentiment aveugle. Quel sera le sort des nations, lorsque tant d'exagérations et tant de
déraisons opposées viendront à se heurter!
Et si c'est la révolution que l'on craint encore, est-ce en excitant le fanatisme et les
passions qu'on en préviendra le retour ?

La théorie des réactions est la connoissance la plus indispensable dans l'art de
conduire les hommes. Elle est une branche
de la théorie des sentiments, qui elle-même
fait partie de la philosophie rationnelle.

Le despotisme le plus brutal consulte les
lois des sentiments moraux, et le Sultan,
qui peut à son gré faire tomber des têtes,
est obligé de savoir ce qui plaît ou déplaît
à ses janissaires et à ses bourreaux.

Les ennemis des sciences croient bonne-
ment qu'en ne s'en occupant pas, les ob-

jets de ces sciences seront nuls pour eux.
Ils ne pensent pas que ces objets qu'ils né-
gligent de connoître sont dans une activité
perpétuelle , qu'ils bourdonnent sans relâche autour de nous , qu'ils font notre destinée , soit que nous y pensions , soit que
nous n'y pensions pas. On fait sans cesse,
comme le bourgeois-gentilhomme , de la
prose bonne ou mauvaise sans le savoir ;
je veux dire qu'on *fait* sans cesse , sans
le vouloir, quelque chose, avec cette différence, que ce qu'on n'a pas appris à faire
bien , on le fait mal. Le malade qui mange
et boit fait de la médecine sans le savoir,
c'est-à-dire, qu'il se fait du bien ou du mal
au hasard , et le hasard est presque toujours
contre l'homme.

Toutes les choses humaines ne sont-elles
pas soumises à la pensée ? et n'est-ce pas
cette pensée directrice de nos actions et de
nos projets qui fait la destinée de l'homme ?

Ignorez-vous la navigation , vous serez
puni par le naufrage ; ignorez-vous le commerce , vous y serez ruiné ; ignorez-vous
l'art de vivre avec les hommes , ils vous
puniront de votre ignorance. Dans toutes

les actions sociales, dans les pensées même, on fait de la philosophie sans s'en douter, c'est-à-dire, qu'on agit d'après quelque sentiment, bon pour qui voit clair, fatal pour qui ne sait ce qu'il fait. Dans toutes nos actions sociales, nous agissons d'après une théorie obscure de sentiments moraux ; nous voulons produire tel ou tel effet sur les hommes, et c'est ce qui nous décide. Chacun a une espèce de système sur le cœur humain, d'après lequel il se conduit. Qui ne voit que la lumière la plus salutaire seroit celle qui jetteroit quelque jour sur la connoissance intime de l'homme ! Nul ne veut le mal de son semblable pour le mal même qu'il va faire ; s'il le fait, c'est parce que dans son ignorance il n'a pas d'autre moyen d'agir.

Mais s'il existoit une harmonie sociale, dans laquelle le bonheur de tous augmenteroit par le bonheur de chacun, ne vaudroit-il pas la peine de connoître cette harmonie, sans laquelle il n'y a pas de bonheur sur la terre, et avec laquelle il y en a pour tous les hommes. Quelle connoissance vaudroit celle du cœur humain, maintenant de toutes la plus négligée et de toutes la plus nécessaire, puisqu'elle dévoileroit les dangers d'un système de réaction qui, en comprimant la marche universelle de l'esprit humain, prépare des explosions inattendues, et qui, en faussant tous les ressorts, semble remettre en question toutes les destinées humaines?

Et qu'on ne dise pas qu'il ne faut pas s'occuper de la philosophie rationnelle, parce qu'elle n'est pas au niveau des sciences naturelles. Toutes les sciences ont commencé par l'erreur. La chimie n'a-t-elle pas commencé par l'alchymie, et l'astronomie par l'astrologie? Qu'étoit la médecine il y a cent ans? qu'étoit tout le savoir de l'homme avant la maturité des sciences? Et cependant, que serions-nous sans les œuvres du génie? qu'y a-t-il entre nous et les sauvages, que les sciences, sans lesquelles nous ne serions encore que les tristes rejetons des habitants des forêts? Et si la connoissance des corps a tant d'importance, celle de l'homme moral en a-t-elle moins? n'est-ce pas d'elle que dépend la gloire et le bonheur des nations? Comment gouverner avec succès des êtres qui nous sont inconnus?

L'ignorance de nos rapports sentimentaux fait que, semblables à des hommes ivres, renfermés dans un lieu obscur, nous nous heurtons et nous blessons par nos goûts et nos passions, tandis que l'étude du cœur humain nous apprendroit à ne faire que le mal que nous voulons faire, et ce mal pour l'homme clairvoyant seroit bien moindre que l'on ne croit.

La bonne philosophie rationnelle est la science des principes moteurs de l'homme; elle est aux actions humaines, ce que la mécanique est au mouvement des corps. La matière et la pensée sont toujours et continuellement en présence de l'homme; elles font la gloire et le bonheur de qui apprend à les soumettre peu à peu par les sciences et les lumières, comme elles font l'opprobre et le tourment de qui, par un intérêt stupide, renonce à la raison, sans laquelle nous ne sommes pas hommes.

* * *

Les opinions politiques présentent d'autres phénomènes que les idées religieuses. Un

nouvel élément est venu s'allier aux idées
politiques; cet élément, que nous connoissons sous le nom d'idées libérales, a bou-
leversé tous les rapports.

La révolution avoit donné un grand élan
à la pensée; ses démolitions avoient préparé un grand espace à son développement,
et de plus, tous les regards et tous les intérêts se trouvoient dirigés vers la chose
publique. De ces trois causes réunies sont
nées les idées libérales, c'est-à-dire, les
idées d'un siècle éclairé, appliquées au bien
de la patrie.

Bientôt ces idées devinrent hostiles : et
voici comment.

La révolution ayant ébranlé tous les trônes,
déplacé toutes les routines et tous les principes du vieux âge, les rois rentrés dans
leur pouvoir trouvèrent leurs habitudes et
leurs principes en opposition avec les idées
nouvelles appelées libérales.

Ces idées n'étoient pas de vaines chi-
mères; on en voyoit les fruits prospérer
en Angleterre; les amis des idées démo-
cratiques les voyoient florissantes dans les
Etats-Unis; la prospérité de ces deux pays

étoit faite pour tenter. Les hommes éclairés vouloient, non copier ces principes, mais appliquer ces principes là où ils pouvoient être utiles : la médiocrité copie ; le génie emploie, parce que lui seul sait placer et modifier à propos.

On vouloit partout des constitutions, que les nations les plus civilisées regardent comme un premier moyen de liberté, et un effet nécessaire de la civilisation. La sagesse et la générosité des vainqueurs ne s'y refusèrent pas.

On n'a qu'à voir dans les salons les manières et les costumes des hommes de toutes les nations, pour comprendre que leurs têtes et leurs pensées ne sont plus ce qu'elles étoient autrefois.

L'ordre social n'est point l'œuvre de l'homme ; il est le produit naturel des rapports que le temps et les choses développent. De ces rapports on voit naître également la dépendance et la liberté. La servitude du Turc, qui se laisse paisiblement trancher la tête, est aussi naturelle que l'opposition à la plus légère tyrannie est naturelle aux Anglois. Les contrastes qui étonnent de nation à nation, existent dans une même nation entre telle époque et telle autre époque, entre 1789 et 1824.

La lutte que nous voyons aujourd'hui plus ou moins animée chez toutes les nations n'est que le mouvement naturel d'éléments qui cherchent de partout à se rapprocher. L'arbre révolutionnaire de France, coupé à Waterloo, n'a pu se rejoindre tout-à-coup à l'antique royauté, entée sur ses débris.

La politique intérieure et les relations extérieures sont dénaturées par la guerre que l'on fait aux idées libérales, et toutes les combinaisons naturelles ont plié devant la peur qu'on a d'elles.

Au lieu de dominer au dehors les hommes et les événements, la France anéantit ses amis naturels au grand profit de ses rivaux; au lieu d'utiliser au dedans les hommes distingués que l'on a, on les persécute au grand détriment de la chose publique. N'est-ce pas l'homme de la fable qui s'épuise à battre l'image du lion ?

Les rapports naturels de nation à nation, qui faisoient autrefois la base de la politique européenne, ne sont plus ceux que l'on suit maintenant ; on s'en est fait de factices et d'imaginaires ; on combat avec des armées, non des hommes, mais des opinions : de là vient que l'on voit les ennemis coupés en deux se rejoindre à la première occasion, comme les diables de Milton, et ne s'en porter que mieux.

La force réelle des états est dans les rapports fondamentaux qui font la base de leur puissance, et non dans des opinions toujours mobiles et passagères. Epuiser ses forces contre des pensées, c'est combattre contre des ombres. Les opinions sont le résultat de la manière d'être et de penser : elles suivent la réalité comme les ombres suivent les corps et ne les précèdent pas. C'est dans cette réalité, c'est dans leur cause même qu'il faut les combattre.

In vitium ducit culpæ fuga si caret arte.

Certainement les monarchies ont dû se garantir de l'impulsion qui n'a pu s'arrêter tout-à-coup, après la lutte terrible qui alloit renverser et les peuples et les rois. Mais les libéraux, que maintenant on craint

et que l'on hait, ne font-ils pas partie de
la classe la plus éclairée de la nation? Que
reproche-t-on à la grande majorité de ces
prétendus ennemis, si ce n'est l'exagération d'un sentiment pour la patrie que les
bons rois partagent avec eux ? Tous les
moyens de prospérité, de lumières, de richesses, et peut-être quelques germes des
plus hautes vertus, ne sont-ils pas chez ces
hommes qu'on n'a pu rendre ennemis que
par la haine qu'on leur porte, et les per-
sécutions qu'on leur fait essuyer?

La lutte que l'on voit maintenant, n'est-
ce pas le combat des principes espagnols,
dont nous voyons les tristes conséquences
se développer au Sud de la France, contre
les principes anglois, dont nous voyons au
Nord la gloire se répandre dans toutes les
régions de la terre?

Au lieu de fouler aux pieds dans l'éducation même les véritables germes des vertus
nationales, au lieu de renoncer aux principes conservateurs de la prospérité publique, au lieu de traiter en ennemis les
hommes les plus distingués que la puissance a tant de moyens de rendre utiles,

ne vaudroit-il pas mieux employer ces principes et ces hommes, que de rejeter comme
ennemis ce qui fait la prospérité et la gloire
de qui sait les employer?

FIN.

TABLE DES MATIÈRES.